幼なじみが絶対に負けないラブコメ

OSANANAJIMI GA ZETTAI NI
MAKENAI
LOVE COMEDY

[著]
二丸修一
SHUICHI NIMARU
[絵]
しぐれうい

プロローグ

＊

身震いするほど冷たい風が吹いていた。枯れ葉が舞い、カラカラと音を立てて校庭を転がっていく。

朝、朱音が昇降口で下駄箱を開けると、上履きの上に封筒が載っていた。

朱音は封筒を取り、表面を見てみた。そこには『志田　朱音へ』と書かれていた。

「何だ、あおいと間違えたものじゃないんだ」

「あかねちゃん、その言い方はちょっと……」

上履きに履き替えた蒼依が苦い顔をする。

「だって興味ないし、断るのも面倒だから。あおい宛てのほうがいい」

「あかねちゃん、相手は勇気を振り絞って手紙を出しているんだし、もう少し言い方に気をつけたほうが……」

「でも事実だし。それともあおいは手紙をもらって嬉しい相手いるの？　ワタシよりたくさんもらってるよね？」

「あ、あはは、それはちょっと……」

蒼依が瞳を逸らし、苦笑いする。

朱音は詰め寄った。

「ワタシ、知ってる。あおい、先週人気のある先輩に告白されてたよね？」

「えっ⁉」

「あおいは断っちゃったから、その先輩を好きな子から悪口言われてたよね？　どうせ断るんだから、告白されないほうが楽。あおいならその気持ちわかってくれると思ったのに……」

「あかねちゃん、その話はここでは……」

昇降口では誰が聞いているかわからない、と言いたかったようだ。

その理屈は朱音にも理解できた。

「……わかった。あ、ちょっと持ってて」

朱音は靴を履き替えるため、封筒を蒼依に手渡した。

すると蒼依があっ、と声を上げた。

「差出人、間島先輩なんだ」

「知ってるの、あおい？」

「有名な先輩だよ。ほら、リーゼントで、いつも威嚇するように歩いている人……」

「あ、あぁ……」

リーゼントと言われて朱音はようやくわかった。

ここ六条中学校でリーゼントにしている人なんて一人しかいない。

「この前、校門のところで先生と口喧嘩していた人」

「うん、その人。なんだか怖いよね……。言葉遣いが荒いから、わたしは少し苦手かな……」

声を潜め、蒼依はこっそりと言う。

蒼依はあまり悪口を言わない。言ってもだいぶ控えめだ。

そのため今の発言を普通の人バージョンに変換するなら、『かなり言葉遣いが荒く』『無茶苦茶苦手な相手』と見ていい。

「まあいい。断るだけだから」

「き、気をつけてね……？　わたしも一緒に行こうか……？」

蒼依の声が震えている。恐ろしいのに、力になろうと懸命に勇気を振り絞っているのだ。

「別にいい。ワタシ、怖くないし。横であおいが怯えていたら、逆に刺激しちゃいそう」

「え、えぇ!?　そ、そうかなぁ……？」

「うん、そう。だからいらない」

心配そうにしていた蒼依だったが、やがて力を抜いた。

「わかった。でも気をつけてね」

「わかってる」

二人は教室に向かいつつ、会話を続けた。

「あかねちゃんって、強いよね。わたし、告白されるのが苦手で……。手紙をもらうといつも苦しくなっちゃう」

「何で苦しいの？」

「だって、わたしのことを凄く好きって言ってくれてるんだよ？　でもわたしは応えられない。それが申し訳なくて……」

「無理なものは無理なのだから、苦しむ必要なんてない。ただ事実を告げるだけ」

「あはは、あかねちゃんらしい……」

そんなことを話し、教室の前で別れた。

そして放課後。

朱音は蒼依に先に帰るよう告げ、一人で手紙に書かれていた校舎裏に向かった。

そこにはリーゼントの先輩――間島がいた。

ただ立っているだけなのに威圧感がある。それはきっと、リーゼントや吊り上がった目だけでなく、身長の高さも影響しているだろう。

間島は朱音より三十センチ以上高い。また筋肉隆々で、腕も太く、二人をシルエットだけで見るなら親子ほどの差があった。

「あ、朱音ちゃんさ。前からいいと思っていたんだ。お、おれと付き合おうぜ」

ぶっきらぼうな言い方。

朱音にとって、間島が言葉をよどませたのは意外だった。

ただそれは、乱暴そうな外見と相反する言動だっただけ。

それで好意を持つとか、態度を変える必要があるとか、そういうたぐいのものではなかった。

(まあ別にいい)

どうせ断るだけ。話すこともないのだから、ちょっとイメージと違っていたことくらい、どうでもいいことだ。

そう思って口を開こうとした瞬間、ある言葉が脳裏をよぎった。

『いつも合理的なアカネは、キスなんてたいしたことないって思ってるのかもしれない。でも俺の勝手な事情でアカネのファーストキスを奪うのは、申し訳なさすぎる。だからその選択はできない。アカネのキスは、本当に大好きな人とするときまで取っておいて欲しい』

以前、末晴が言っていたセリフだ。

年上のお兄さんのような男性のアドバイスとしては、一般的にかなり高得点が与えられてもいいものかもしれない。

しかし――

『本当に大好きな人とするときまで』

他の人が言うならまあいい。でもよりにもよって末晴が言った事実に、朱音はモヤモヤを感じずにはいられなかった。

（ハルにぃは、ワタシのこと、妹のようにしか見ていない……）

なぜか、と考えてみると、原因ははっきりしている。

年齢の差、だ。

これはどうにもならない。十年後なら四歳差なんて取るに足りないことに見えるかもしれないが、現在大きな差があることは事実だ。

（もっと、ワタシを見て欲しい……）

一人の女の子として――大切な人として――いっぱい笑いかけて欲しい――一緒に楽しい話をしたい――

（そうなるためには、どうすれば……）

そのとき、朱音（あかね）の中でアイデアが生まれた。

朱音（あかね）は顔を上げると、淡々と告げた。

「わかった」

「……え？　それって……オッケーってことか……？」

「違う。言っていることはわかった。だけど少し考える時間が欲しい」

「つーことは、チャンスあるってこと？」

「時間が欲しい」

今の思いをありのままに語っただけだったが、間島は驚くほど喜んだ。

「っしゃーっ！　マジか⁉　あの難攻不落の朱音ちゃんからそんな言葉が聞けるなんて⁉」

「……待ってって言ったことが、そんなに嬉しいの？」

「そりゃあ朱音ちゃんは、いつも即座に告白を断ることから『自動失恋装置』の異名があるくらいだしな」

「なにそれ。初耳」

「まっ、玉砕覚悟だったが、保留をもらえるだなんて、おれも捨てたもんじゃねぇな！」

絶好調、とばかりに間島は腰に両手を当て、『はっはっはーっ！』と高笑いした。

何となく不快に感じた朱音だったが、自分が言ったことをなかったことにすることもできず、

「……時間が欲しいのは事実」

とだけつぶやくのが精いっぱいだった。

（まあいい。これでハルにぃと話すきっかけができた……）

そう、それが真の目的。

末晴との間にある、年齢の差——

それを埋めるのに重要なのは、話す時間ではないだろうか。

（データ的に考えれば、ワタシにも少しくらいは魅力があるはず……）

こうして告白されているのだから、魅力がゼロではないはずだ。

（もちろんクロねぇ、ドリねぇ、あおいには負けると思っているけれど……）

そもそも女性としての魅力とは何なのか、朱音自身理解できていない自覚があった。

男女の機微、みたいなものもよくわからない。

でも今までのように、わからないで放置していてはいけないものだと思うようになってきていた。

（ハルにぃはファンクラブができるほどモテる……。誰かと付き合い始めたら、きっとハルにぃはワタシなんて見てくれない。だから残された時間は多くない。ワタシの長所は、考える力。魅力に自信はないけど、研究し、改善を続けていけば、勝機はあるはず……）

そして何より――

（ハルにぃと話したい――もっと近くにいたい――）

その気持ちが抑えきれなくなっていた。

「じゃあそういうことで……よろしく」

それだけ告げて、朱音は反転した。

「あ、やべっ！」

そんな声が耳に届いた。

どうやらさっきのやり取りを見ていた生徒がいたらしい。

校舎の角を曲がったところで、逃げていく生徒の背中が見えた。

わざわざ校舎裏までついてきて、覗いて、何が面白いのか理解できない朱音だったが、よくあることなので気に留めなかった。

「しゃーっ！」

先ほどまでいた場所では、間島がまだ喜んでいる。

理解できず、朱音はため息をついた。

第一章　蒼依の悩み

＊

その日、俺はいつものように掃除に来てくれる黒羽を迎えるため、自宅でカレーを作っていた。

だが訪問時刻の十分前になって、突如黒羽から電話がかかった。

「あのね、ハル。実は――」

要約すると、俺と黒羽の仲が銀子さんに疑われているとのことだった。

銀子さんとしては、俺と黒羽が仲良くなることは構わないらしい。

しかし年頃の男女が夜二人きりになる。これは親としては見過ごせない――という話だった。

(確かに……銀子さんの言う通りだよな……)

元々幼なじみの女の子が毎週家に掃除に来てくれる――これだけでもかなりレアで、人によってはいかがわしい想像をする人もいるレベルのことだ。

ただ今までは何もやましいことはなかったため、『幼なじみだから』『小学校のころなんて、一緒に風呂に入ったこともあるんだぜ』みたいな話でごまかすことができた。

しかし、俺たちの関係が【おさかの】になったあたりから、空気感が違ってしまっている。

「お母さんにはね、おさかのはバレてないと思うの。なのに何でだろ……」

「自信はないけど、俺の推測言っていいか？」

「何？」

「クロさ、掃除から帰ったとき、めっちゃ機嫌いいときなかったか？」

俺がこんな推測をしたのは、掃除の際にいい感じになった日――まあくまでいい感じになっただけで、大きな接触等はなかったが――黒羽が俺の家を出ていくときの様子だ。玄関で見送っていると、妙に足取りが軽いというか、スキップでもしそうというか、明らかな機嫌の良さを感じることがあったからだ。

銀子さんは鋭い。なのですぐに勘付き、様子をうかがった結果『黒羽の機嫌がいいときは俺といい雰囲気になっている』と摑んだのかもしれない。

考えてみれば黒羽は今日、学校でご機嫌だった。

『今日、掃除の日かぁ～。もーっ、しょうがないなぁ～。モモさんの問題も解決したし、久しぶりに本腰入れて掃除しちゃおうかな～』

なんて感じで、俺に絡んできたくらいだ。

それを銀子さんに察知されたのかもしれない。

「……………………ありえる」

黒羽はポツリとつぶやき、押し黙った。

「だとしたら、恥ずかしい……」

黒羽の声が弱々しく漏れる。

電話越しだが、赤面しているのがわかった。

「そっか、じゃあ掃除自分でやらなきゃな……。カレーも食いきれないし、どうしようかな……」

目の前の鍋がぐつぐつと鳴っている。黒羽と一緒に食べるために作っているカレーだ。

その量、四人前。これは翌日用も考えてのことで、いつもこれぐらい作る。

ただ一人で四人前はさすがに多い。毎日食べるにも限度がある。

もう少し煮込んであとはカレールーを入れるだけの状態だが……半分はシチュー用に回したほうがいいのかもしれない。

「あ、その辺は大丈夫。あたしの代わりに蒼依と朱音が行くから」

「ん？　二人が来てくれるのか？」

「うん。放っておくとハルの家がゴミ屋敷になっちゃうから。朱音が立候補してくれて、朱音だけじゃ心配だから、蒼依もサポートにつけることになって」

「まあありがたい話だけど、二人は大丈夫なのか？」

「朱音は成績的に文句なしでしょ？　部活もやめちゃったから暇を持て余してるし、たまにはね。蒼依は勉強も部活もきちんとしてるから、心配してないよ」

「そっか、ならいいんだけど」

黒羽が来られなくなったと聞いて、正直なところ俺は安堵していた。

会いたくないとかじゃない。俺に迷いがあったからだ。


——俺はこの前の一件で、真理愛を意識するようになっていた。


妹みたいだーなんて言いながら、健気で大胆な真理愛を、一人の女性として見ていることに気がついてしまった。

他人から見れば『あっそ』って言うレベルのことかもしれない。

だが俺の中ではかなりの大事件だった。

何より——黒羽に合わせる顔がない。

黒羽は俺を好きだと言ってくれている。俺も黒羽のことが好き。

でも初恋の毒に侵され、白草のこともどうしても気になるから、いわゆる待っていてもらっているような状態だった。

そんなところで真理愛を意識してしまった。

というわけで——

（罪悪感がひどいぃぃぃぃぃ！）

もちろん黒羽が嫌いになったわけじゃない！　好きだし、意識してる！

でも――

（ダメじゃん、俺ぇぇぇぇぇ！）

これ、完全に浮気者の論理だ……。心に鍵はかけられないと言うが、我ながらひどい……。

とにかく黒羽に申し訳ない気持ちでいっぱいだった。

今日、久しぶりに黒羽が掃除に来ることに対して、不安に感じていたのはそのためだ。二人きりになり、もしアタックしてきてくれたとしても、罪悪感で戸惑うことになってしまうだろうから。

そのため蒼依と朱音が来ると聞いて、少し心を整える時間ができたことが嬉しかった。

「……ハルさ、あたしが行かないって聞いて、ちょっとホッとしてない？」

ギクリ、と声に出そうになり、俺は懸命に喉で押しとどめた。

まったくこれだから長い付き合いは恐ろしい。完全に読まれている。

「イヤー、ベツニソンナコトナイゾー」

「……………まあいいけど」

黒羽には全部見透かされている気がする……。

このままじゃダメだ。俺自身、どうしていくのか、誰が好きなのか、もっとしっかりと考えていく必要がある。そうしなければ黒羽はもちろんのこと、白草や真理愛に対しても失礼だろう。

「じゃ、妹たちをよろしくね」

そう言って黒羽は電話を切った。

「……ふ～」

どっと疲れた気がした。

黒羽と話していると楽しかったり申し訳なかったりで、いつもジェットコースターに乗っているような気分になる。

何でも通じ合えているとさえ感じていた幼なじみの関係。安全、安心、腐れ縁……それはある意味、刺激とは正反対だった。

しかし黒羽から告白されて振って以降、告白祭、CM勝負、沖縄撮影旅行、ドキュメンタリー制作、ファンクラブなどの出来事を経て、随分変わってきている。俺自身、変化していく関係や積極的な彼女たちに翻弄され、どうすればいいかわからずにいた。

――ピンポーン。

インターフォンが鳴る。

俺は鍋の火をいったん消し、玄関へ向かった。

「いらっしゃい」

俺が笑顔で迎えると、可愛らしい双子が並んで立っていた。

「こんばんは、ハルにぃ。掃除に来た」

「おおっ、ありがとな、アカネ」

「任せて」

そう言って、朱音はメガネを光らせた。

鋭い眼差しは知性の高さの証だ。いつも通りの無表情なのだが、長い付き合いだからこそやる気満々であることがわかる。

朱音はなぜか大きな目を見開き、俺をじっと見ていた。

「アカネ、俺の顔に何かついてるか……?」

「あっ……ううん、別に」

そう言っておさげ髪を揺らし、俺から視線を逸らした。

朱音は感情の起伏が少ない性格だ。しかし最近、少しずついろんな表情を見せてくれるようになってきた。

特に印象的なのは恥じらいの表情だ。これが孤高な雰囲気とのギャップとなっていて、昔から知っている俺からすると、年頃の女の子になったんだと実感させられる。

ただでさえ綺麗な顔立ちの朱音が、こんな表情までするようになるなんて……将来どれほど多くの男性を魅了するのか末恐ろしいほどだった。

「こんばんは、はる兄さん。突然押しかけてしまって申し訳ありません」

「何言ってんだよ。掃除してもらう俺が謝られるなんておかしいだろ？」

「あはは、そうですね」

蒼依は可愛らしいツインテール。丸っこい瞳と、温厚な微笑みが特徴だ。上目遣いで様子をうかがってくる仕草からは臆病さが見え隠れしている。しかし臆病さは控えめで清楚な証拠。その微笑みからはマイナスイオンが発生しているようで、見る者を癒やしてくれる。

朱音とは双子だが、性格や魅力は正反対。しかしこの子もまた将来どれほど多くの男性を魅了するのかわからない大器と言えるだろう。

そんな蒼依の微笑みが今、俺には少しかげっている気がした。

「アオイちゃんさ、もしかして体調が悪いのか？」

「あ、いえ」

「なんだか顔色も悪そうだし」

俺がそう言うと、朱音がメガネを持ち上げ、じーっと蒼依を見つめた。

「本当だ。いつもより明度が一・〇ほど暗い」

「アカネは明度で人の顔色の判断ができるのか……」

「変に色とかで表現するより、そっちのほうが的確に測れる」

「まあアカネらしいか」

俺が苦笑いをすると、朱音がぷいっと顔を背けた。

あ、あれ……？　どうしたのだろうか。あからさまに避けられている……。俺、嫌われるようなことをしてしまったのだろうか……？

「あ、アカネ、どうし――」

「あの、はる兄さん。中に入っていいですか？」

蒼依のその言葉で、玄関で立ちっぱなしであることに気がついた。

「あ、ああ、ごめん！　特にアオイちゃんは体調悪そうだもんな！　寒いだろ、とにかく入って！」

一瞬、朱音が安堵したように見えた。

逆に蒼依は軽く胃を押さえた気がしたが……俺が見ていると察知したのか、すぐに天使のような笑みを返してきた。

とにかく黒羽の代わりに来てくれた二人をもてなすべく、俺はキッチンへ向かった。

*

いつもなら黒羽が掃除をしてくれる間、俺は勉強をしている。

一種の監視付き勉強なので、一人でやるより随分はかどるのだが、さすがに四つも年下の女の子二人にすべてを任せっきりで勉強をするのは心が痛んだ。

「今日は俺もやるよ」

以前蒼依が黒羽の代わりに来てくれた際、掃除を任せてしまったことがあったが、それはそれ。ご飯を奢ってもらうときでも、自分で払おうとするのが礼儀だと思うので、まず俺から提案したのだった。

「あ、はる兄さんは勉強していてください」

「そのためにワタシたちは来た」

「でもやっぱり悪いし……」

「本当に大丈夫ですので」

「ワタシ、ハルにぃの力になりたい。だから勉強していて欲しい」

そこまで言われるとさすがに受け入れないほうが失礼に感じる。

なので俺は頷いた。

「じゃあ……悪いが頼むな」

「はい、最初からそのつもりでしたから」

「任せて」

朱音がギュッと脇を締め、頷く。

(アオイちゃんは実績があるし、大丈夫だろう。でもアカネはやる気が空回りしないか心配だな……)

ということで俺はリビングに参考書を広げたものの集中できず、こっそり双子の様子をうかがっていた。

「あおい、洗濯はワタシに任せて」

洗面所にある洗濯機の前で、朱音は言う。

「あかねちゃん、洗濯、やったことあったっけ？」

「ない。でも勉強してきた。だからこそやりたい」

蒼依が苦笑いをしている。やる気がありすぎの朱音が怖い……という雰囲気だ。

蒼依は慎重に言った。

「じゃあ洗濯物を集めてもらっていい？　わたしは掃除機をかけるから。洗濯機を使うときは注意が必要だから、声かけて。一緒にやろうね」

「うん、わかった」

朱音は腕まくりをすると、洗面所を離れた。

俺がリビングの陰に隠れると、朱音は素通りし、二階へ向かった。俺の部屋から洗濯物を回収するつもりなのだろう。

「わかるな、あかねちゃんの気持ち……」

洗面所で立ち尽くす蒼依が、胸に手を当ててつぶやく。

「わたしも素直に、はる兄さんの力になりたいと思えたらいいのに――」

段々と声は小さくなり、最後まではしっかりと聞こえなかった。

ふと蒼依が顔を上げる。

そのためリビングから顔を出して洗面所をうかがっていた俺と目が合った。

「…………」

「…………」

「……聞いてました？」

少し声が震えている気がしたが、健気なセリフに感動していた俺は、笑顔で返した。

「あ、うん。あおいちゃんは本当に優しい子だなって」

「うううぅぅぅぅ!?」

「えぇ!?　そういう反応!?」

蒼依は羞恥と憤怒が入り混じった表情で歩み寄ってきた。

「は、はる兄さん……今聞いたこと、誰にも言ってはいけませんよ……？」

顔は真っ赤なのに、目が据わっている……。見たことがない表情だ……。これは逆らってはいけない……。

「わ、わかった。約束する」

「ならいいです」

「……ちなみに聞いたことは言っちゃダメって言ってたけど、見たことは言っていいのか？」

「っ！」

温厚な蒼依の瞳が、クワッと見開かれた。

「も〜っ！　はる兄さん、そういうの全部ひっくるめてダメってこと、わかりませんでしたか⁉　も〜っ！　も〜っ！」

ペチペチと俺の腕を叩いてくる。

かなり怒っていることはわかるが、俺に痛い思いをさせるのに抵抗感があるらしく、実際のところまったく痛くない。

「ああっ、ごめんよ⁉　念のための確認と思ったんだけど！」

「……本音は？」

「もうちょっとアオイちゃんの新鮮な反応が見たかった。後悔はしていない」

「後悔してください！」

また叩かれた。蒼依は普段から清楚で可愛いんだけど、ちょっと怒らせたくらいの反応のほうが可愛いから困る。

「あおい、ちょっと来て！」

二階から朱音の声がする。

蒼依は俺から離れたが、ちょっと怒り足りなかったらしい。眉間に皺を寄せてにらみ、ぷいっと顔を背けた。……可愛い。

蒼依は駆け足で二階へ向かっていった。

タッタッタという階段を上る音が聞こえなくなると、俺はこっそりと後を追った。

なぜ『こっそり』なのかというと、朱音の慌てている感じが気になったし、先ほど蒼依を怒らせたばかりだったので、たいしたことでなければそのまま戻ろうと思っていたからだ。

すでに蒼依は俺の部屋の中に入っているようだ。

俺は部屋の前まで移動し、廊下から中を覗き込んだ。

「あおい、これ見て」

「あ、あかねちゃん⁉」

朱音が掲げていたのは、俺のトランクスだった。

「ぶっ⁉」

俺は吹いてしまったが、蒼依も同時に吹いていたため、幸いなことに気づかれなかった。

「ど、どうしたの、それ⁉」

「落ちてた」

「そ、それは確かに、はる兄さんの部屋なら落ちているだろうけど……」

蒼依(あおい)は真っ赤になって顔を両手で隠しているが、朱音(あかね)は無表情のまま。俺のトランクスをどやっと言わんばかりに両手で突き出している。

(こ、これは――)

俺は悩んでしまった。

部屋の中に突入するべきか……様子を見るべきか……。下手に突入して二人を傷つけたくないし……どうすればいいんだ……っ⁉

「あ、あかねちゃん！　何がしたいの⁉」

俺の心の問いを蒼依(あおい)が代弁してくれる。

成り行きを見守っていると、朱音(あかね)は首を傾(かし)げ、変わらぬ口調でつぶやいた。

「これ、他の洗濯物と一緒にしていいの？」

「……え？」

「汚れやすいものだから、他のものと一緒にしていいのかなって。もしかしたら別洗いの可能性もあるかと思ったから、聞いてみないとって判断した」

「は～」

蒼依が脱力する。俺も同感で、密かにため息をついたくらいだった。

「えっとね、色付きのものと一緒に洗っちゃって問題ないんじゃないかな？」

蒼依は気を取り直したようだが、朱音からわざとらしく顔を背けている。朱音が未だに俺のトランクスを掲げているせいだ。

ただ……先ほどとは違い、やや慣れてきたせいか、蒼依がちらちら俺のトランクスを見ている気がするのだが……まあそこは突っ込んではいけない部分だろう……。

「あおい、見たいならもっとちゃんと見たら？」

と思ったら朱音が突っ込んだ⁉

首から頭のてっぺんに向けて赤くなっていく蒼依。トランクスをよく見ろと言わんばかりに突き出す朱音。

ヤバい、完全に俺、出るタイミングを逃してしまった……。

「あ、あかねちゃん！　そ、それはダメだよ！」

「別に減らないし大丈夫。あおいは興味ないの？」

「そ、それは……まったくないとまでは言えないけど……」

「今ならハルにぃもいないし、すぐに洗濯するから証拠も残らない」

「そ、そう……？　それなら少しくらい見てみたいかも……」

それはダメだぁ！

と突っ込みたかったが、盛り上がる双子に口を挟む勇気が出なかった。

「でもでもやっぱりダメ……けれど、触るくらいなら……でもなく……」

「あおい、実は一つ発見したことがある」

「な、なに……？」

蒼依(あおい)がずいっと近づく。

朱音(あかね)は淡々とつぶやいた。

「少し顔を近づけてみるといい。そうすると服と違うにおいが——」

「あかねちゃん、それはダメぇぇぇぇ！」

「アカネ、それはダメだぁぁぁぁ！」

声が重なった。

廊下から叫んだ俺を、双子が部屋の中から見つめている。

（き、気まずい……）

特に蒼依(あおい)はすでに泣きそうな表情だ。

とにかく俺は、ここにいる理由を説明することにした。

「二人ともちっとも下りてこないから様子を見に来たんだ……」

「あ、あの、はる兄さん！　こ、これはその！」

蒼依はツインテールを振り乱して弁解しようとしている。

だがしかし朱音は眉一つ動かさなかった。

「ごめん、ハルにぃ。でもちょっと分析したかったの」

「何の分析だよ⁉」

「男性と女性の違い。体臭もその一つ」

「いやいやいや、それはマズいだろ⁉」

「ワタシとお父さんとの違いは分析済み」

「ヤバい、ツッコミづらい……」

「でもお父さんとハルにぃはまた違う。ハルにぃのほうはもっと嗅ぎたくなる……。クロねぇもハルにぃのにおい嗅ぐの好きって言ってたし、何か理由があるのかも……」

「ううっ、思春期の女の子の扱いは難しすぎる……」

ヤバい、俺のほうが恥ずかしくなってきた……っ！

朱音の冷静さは、研究者とかお医者さんとかのそれだ。観点が違いすぎる。

すると蒼依が助け舟を出してくれた。

「はる兄さん、わたしに任せてください」

「アオイちゃん……わかった」

蒼依は力強く頷くと、少しお姉さんぶった感じで話し始めた。

「あかねちゃん、そういうこと迂闊に言っちゃダメだよ」

「何で？　分析は大事」

「でもね、もしはる兄さんがあかねちゃんの下着のにおいを嗅いでいたらどう？」

その瞬間、部屋の時間が止まった。

（たぶんアオイちゃんは、立場を入れ替えてみることで、アカネに現状を認識させるつもりだったんだよな……）

発想はわかる。やり方としては間違ってもいない。

だが具体例がヤバすぎた。

「……なるほど。ワタシ、恥ずかしいことしてた。ご、ごめん、ハルにぃ……」

蒼依の捨て身の例示により、朱音は状況を理解できたようだった。

「お、おおっ！　気にすんなって！」

すかさずそう返したが、さすがに動揺を隠し切れない。

そんな俺の様子を上目遣いでうかがいつつ、朱音は頬を赤らめて言った。

「で、でもハルにぃが試してみたいなら、ワタシの下着を渡してもいい」

「それもらったら俺、確実に逮捕されるんだわぁぁぁ！」

俺は頭を抱えた。

朱音(あかね)はたぶん混乱している。その証拠に、目がグルグル回っている。

しかし頭は回転し続けているのだろう。

続けてこう言った。

「じゃあ、ワタシの代わりに……あおいので」

俺と蒼依(あおい)は噴き出した。


「状況変わってねぇじゃやねぇかぁぁぁ！」

「あかねちゃん、それはダメぇぇぇぇ！」

＊

（さっきは大変だった……）

いろいろ問題はありつつも、掃除と洗濯は何とか終了し、わたしたちは三人で夕食を摂(と)っていた。

「アオイちゃん、カレーおいしいかな？」

はる兄さんが声をかけてくれる。

わたしは心に喝を入れ、笑顔を作った。

「あっ、はい、おいしいです！　さすがはる兄さんですね！」

「そっか、よかった」

どうやらわたしの顔色が悪かったことで、心配をかけてしまっているのかもしれない。

そのことに申し訳なさを覚えつつも、心配してくれていること自体はとても嬉しかった。

「アカネ、最近学校はどうなんだ？」

はる兄さんがカレーをスプーンですくい、尋ねた。

「別に。変わらない」

「変わらないって、アカネは普段学校を楽しんでるのか？」

「ううん。一番適切な言い方は退屈。授業は進むの遅いし、部活もやめたからやることない」

「あぁ、アカネは勉強できるもんな……」

はる兄さんもあかねちゃんの成績の良さは知っている。だから呆れつつも、納得がいったようだった。

「でもせっかくの学校なんだから、楽しいといいよな。別の部活に入る気はないのか？」

たぶんこの話がはる兄さんの本命——本当に聞きたかったことだろう。

はる兄さんはきっとあかねちゃんが学校でうまくやっているのか心配しているのだ。

「……今のところ入りたいのはない」

「そうなのか。前は軽音楽部だったよな？　じゃあ音楽繋がりで、吹奏楽とかは興味ないのか？」

「一度見学に行ったけど、途中からは入りづらそうな雰囲気だったし、楽器はやりたいけど、みんなで演奏したいとは思わないから、別にいいと思って」

「そ、そうか……じゃあ友達は？」

「あおいがいるからいい」

「でもアオイちゃんとは別のクラスじゃないのか？」

「普段誰かと話したいと思ってないから。話したいとき、あおいのところに行けばいいし」

「う、うーん……」

はる兄さんの顔が見る見るうちに曇っていく。心配していたことが的中してしまっていた、と言わんばかりだ。

そう、あかねちゃんにはこういうところがある。

誰とも仲良くしたいと思っていない。好きとか嫌いじゃなくて、基本的に他人に興味がない。

しかしあかねちゃんに興味津々（きょうみしんしん）な人はかなり多い。

あかねちゃん自身は自分のことを『マイペースでおとなしい、目立たない人間』と思っているようだ。

この中の『マイペースでおとなしい』までは正しいだろう。けれども『目立たない人間』というのは、決定的に間違っている。あかねちゃんのスペックを考えればそれは無理なのだ。

まず飛びぬけて頭がいい。ちょっといいくらいじゃなく、ダントツ。なのでそのダントツ具合が噂にのぼらないはずはなく、先生、生徒を含めてほぼ全員があかねちゃんの優秀さを知っている。これで興味を惹かないわけがない。

加えて『志田四姉妹』の影響もある。具体的に言えば、くろ姉さんとみどり姉さんの妹として注目を浴びている。

くろ姉さんは文武両道、男女ともにとても人気があって、中学三年生のときは生徒会副会長もやっていた優等生だった。そのため当時からいる先生方は全員覚えている。また現在の中三の先輩たちも、二年前にいた文武両道の綺麗な先輩ということで、くろ姉さんを覚えている人が多い。

みどり姉さんも人気がある。運動神経が抜群で、面倒見がいい。サバサバとしていて、くろ姉さんとは別の意味で男女ともに友達が多い。

そんな二人の妹ということで、わたしとあかねちゃんはどうしても話題にのぼってしまうのだ。

それに加えてあかねちゃん自身が、横を通れば目を向けてしまうほど可愛い。

わたしが聞く噂では、男の子たちはあかねちゃんのことを『つれないところが凄くいい』なんて言っているらしい。……正直よくわからない。

男の子から人気があると、女の子からも目をつけられる。だがあかねちゃんは見向きもしない。そしてその颯爽としたところがまた、男女両方から羨望や嫉妬を受ける結果になっている。

これだけ揃っていて『目立っていない』とは到底言えないだろう。

今のところ一人でいても、あかねちゃんは『孤独』と言うより『孤高』と見られていると思う。

しかし『孤独』と『孤高』は紙一重。

そのためわたしもはる兄さん同様、心配していた。

「あかねちゃん、わたしも前から思っていたけど、クラスで話せる人を作ったほうがいいんじゃないかな？」

そっとはる兄さんの意見をアシストする。

だがあかねちゃんはそっけなく言った。

「別にいらない。必要なこと以外話すの、意味がない」

「ううーん……アオイちゃんはどう？　学校楽しくやってる？」

突破口が見えないと思ったのか、はる兄さんはわたしに話を振ってきた。

わたしは笑顔で言った。

「はい、ありがたいことに友達もいますし、楽しいですよ」

「部活は？　美術部だっけ？」

「ええ。美術部は結構のんびりした部活なので、先輩とも和気あいあいとしていて、凄くありがたいです」

「アカネ、美術部には興味ないのか？」

「興味ない。あおいがいるし、話を聞く限り他の部活と違って嫌な感じはしないけれど、やりたいとは思わない」

「うぅーん……」

はる兄さんはまた押し黙ってしまった。

はる兄さんがあかねちゃんに楽しい学校生活を送って欲しいと心から思ってくれているのがわかった。そんな心優しいところを見ると、わたしの鼓動はついつい高鳴ってしまう。

（……と、いけない。ついはる兄さんに見惚れてしまっていた）

わたしは我に返り、慌ててスプーンに視線を落とした。

話が尽きてしまったことで黙々と三人でカレーを食べていると、真っ先に食べ終えたあかねちゃんは、じっとはる兄さんを見た。

「あの、ハルにぃ、聞きたいことがあるんだけど」

「何だ？」

はる兄さんが水を飲む。

あかねちゃんは前のめりになり、おさげ髪を揺らした。

「ハルにぃは好きな人いるの？」

「ぶっっっっっ！」

はる兄さんは水を噴き出した。

（さ、さすがあかねちゃん……それを直接聞くなんて……）

確かにそれは知りたい……。

でもくろ姉さんのこともあるし……沖縄旅行を見る限りでは、可知さんを意識していそうだったし……桃坂さんとも距離は近そうだったし……ううっ、胃が……。

「ハルにぃ、どうなの？」

あかねちゃんはあくまでド直球だ。

ただしさすがのあかねちゃんでも緊張しているようで、手がかすかに震えていた。

「あ、い、いや～」

「言えないの？」

「ま、まあな！　悪いがちょっと秘密にさせてくれ！」

そう言われてはあかねちゃんも無理強いはできない。

「……わかった」

あかねちゃんは頬をぷくっと膨らませた。不機嫌な証だ。

疲労困憊とばかりに、はる兄さんが肩を落とした。

「しかしアカネがそんなことを聞いてくるとはな……好きな人でもできたか？」

「⁉」

あかねちゃんの顔が朱に染まる。

わたしは心の中で叫んでいた。

（はる兄さんのバカぁぁぁぁぁ！）

あまりのことに息が詰まりそうになり、胸を押さえた。

（は、はる兄さん、なんて質問を返すんですか⁉　ここはあかねちゃんの好意を察し、好意に応えられないなら他の話題に振るところじゃないんですか⁉　自分への好意に気がつかなかったとしても、思春期の女の子にその質問はマズいですよ⁉）

わたしは頭がクラクラしてきた。二人の暴走にまるでついていけない。

あかねちゃんは露骨に顔を背け、つぶやいた。

「……べ、別に。聞いてみたかっただけ」

「そうなのか。悪い悪い、別に恥ずかしがらせるのが目的じゃなくてさ。アカネって昔から他人にあまり興味がないだろ？　だからさ、兄貴分としてはもし好きな人ができたのならいいことだと思って」

「あぁ。だって好きな人がいるって他人に興味があるってことだろ？　お前らは四姉妹だから男の気持ちってわかりにくいと思って。必要なら俺が恋愛相談に乗るぞって言いたかったんだ」

わたしは頭を抱えた。

（はる兄さんの言葉はとても優しくて、素晴らしい――けれども、最高にダメダメだ……）

あかねちゃんが好きなのは、はる兄さん。そのはる兄さんが恋愛相談に乗るよって言うなんて、興味がないって言っているに等しい。今、あかねちゃんは半ば振られたようなものだ。

わたしが様子をうかがうと、あかねちゃんは目を伏せていた。

だがすぐに顔を上げると、力強く言った。

「本当にいいの？」

「ああ、もちろんだ。この前、ファンクラブの問題を解決した件でも知恵を借りてるしな。俺はアカネの味方だぞ」

「じゃ、じゃあ実は相談があって……」

「え、マジか!?」

「ダメだった……？」

「いや、そうじゃなくて、ちょっと驚いただけで……」

わたしも同様だった。

あかねちゃんがはる兄さんに恋愛相談……？

想像を絶する出来事と言っていいだろう。

「アオイちゃんも一緒で大丈夫か？」

「うん、あおいなら別に。ハルにぃは食べながら聞いて」

「ん、わかった」

わたしはあかねちゃんの意図がわからなかったが、嫌な予感がしていた。

そしてその懸念が的中する。

話が進むにつれ、わたしの顔は青ざめていった。

「あかねちゃん、間島先輩からの告白、保留にしちゃったの⁉」

「うん」

あかねちゃんは軽く頷くが、あまりのことにわたしはめまいがした。

「アオイちゃん、そんなに心配して……相手のこと知ってるのか？」

「ええ、まあ……。間島先輩は、学校で一番の不良と呼ばれている人なので……」

「そ、そうか……」

はる兄さんの顔が曇る。情報を掘り下げることにためらいがあったのか、話題を変えた。

「アカネはラブレター、結構もらうのか？」

「月一くらい」

「中一って結構お盛んなんだな……。俺、今までラブレターなんてもらったことがない気が……」

「ハルにぃもらったことないの？　じゃ、じゃあ、ワタシがあげようか……？」

あかねちゃんの頬が赤くなっている。

あ、これ、さりげないけど、あかねちゃん的にはかなり思い切って気持ちを前に出している。

あかねちゃんは『ラブレターを出す＝好きと言っている』くらいの気持ちかもしれない。でもこの流れなら――

「いや、こういうのはお情けでもらっても意味ないからさ……」

やっぱりそう受け取るよね……。

あかねちゃんは口を突き出して言った。

「ハルにぃ嫌い」

「ちょ。嫌わないでくれ!?　気持ちはありがたいんだが、もらうことでよりみじめな気持ちになる気がしたんだよぉ!?」

あかねちゃんは不服そうだったが、それ以上は口にしなかった。

はる兄さんは肩をすくめた。

「まあでも、自分で恋愛相談に乗ると言っておきながら、なんか不思議な気分だな……。可愛い妹分がモテることは喜ばしいんだが、俺の後をついてきてた子が恋愛話をするようになるとは……想像よりダメージでかいな……」

「ワタシなんてたいしたことない。あおいはもっとラブレターもらってる」

「あかねちゃん⁉」

隠しておきたかったことをあっさり暴露され、わたしは赤面した。

「薄々気づいてはいたが、やっぱりそうなのか……」

「あ、あの、わたしなんてたいしたことないので……」

わたしはこういう話が苦手だ。モテると言われても何だか恥ずかしい。人に好かれて自慢する人がいるが、わたしにはよくわからなかった。

だってわたしは、好意を寄せられた分だけ返したいと思う。でも恋愛的な好きを向けられても、わたしははる兄さん以外意識したことがないから、返すことができない。なので自慢するどころか、罪悪感を覚えてしまう。

それが――辛い。

わたしが目立たないようにしているのは、このことも一因にある。大切にしたい一人一人に対して誠実でありたいだけで、知らない人たちから関心を寄せられても困ってしまうのだ。

「ああ、悪い、アオイちゃん。困らせるつもりはなかったんだ。じゃあ話を戻そうぜ」

はる兄さんはわたしが苦手な話題であることを察知して、すぐに気を利かせてくれた。こういうところ、好き。

「アカネはそのラブレターをくれたやつのこと、気になってるのか？」

「気になっているっていうか……」

ちらっとあかねちゃんがはる兄さんの様子をうかがう。

もちろんはる兄さんはその視線に込められた思いに気がつかない。

「恋愛について研究したいと思っていて。だから――」

「研究かぁ。アカネ、相手のこと知りたいと思うか？」

「ん？　……あまり。でも恋愛については知りたいと思ってる」

「う～ん……」

はる兄さんは腕を組み、考え込んだ。

あかねちゃんははる兄さんの気を惹きたくて、ラブレターをもらった相手に回答を保留するという手段を取ったのだろう。

普通気を惹きたいなら、ラブレターの相手に気があるフリをするのが一般的だ。でもさすがあかねちゃん……正直に話してる。

はる兄さんもあかねちゃんが相手に恋愛感情がないとすぐにわかったのだろう。

悩んだあげく、はっきりと告げた。

「アカネ、それならしっかり断ったほうがいい。相手に気がないのにあるフリをするのはよくないと思う」

「じゃあ逆に気があれば振らなくてもいいの？」

「そ、それは時と場合によると思うが……相手が気になるなら振る必要はないんじゃないか？」

「じゃあハルにぃとクロねぇはどうしてお互いを振ったの？」

「ぶっ！」

はる兄さんが水を噴いた。

さすがあかねちゃん……わたしが踏み込めないところに平気で踏み込んでいく……。

「お互い、気がなかったの？　でもお互い告白をしてたし、今でも仲がいいし――」

「ストップ！　止まってくれ、アカネ……」

はる兄さんは右手を突き出した。

「あ、うん、わかった」

「……………」

はる兄さんが胃を押さえて突っ伏している……。ご愁傷様です……。

「アカネ、話を戻そう」

ダメージは残っていそうだが、はる兄さんは何とか復活して咳払（せきばら）いした。

「恋愛模様にはいろいろあるが、好きじゃない人に気があるフリをするのは、一種の嘘だ。ぬか喜びさせるのはよくないことだと思う」

「嘘……うん、確かにその通り」

「もし少しでも気になるなら、相手を知るために、一度一緒に遊びに行ってみたらどうかなって提案しようと思ってたんだが……今回は違う。それなら早めに断ってこい」

「……わかった」

わたしは安堵のため息をついた。はる兄さんがはっきりと断るよう告げてくれて助かった。

一番怖かったのは、あかねちゃんが暴走することだった。

例えばはる兄さんが『好きにすればいいいんじゃないか？』といった曖昧なことしか言わなかったら、大混乱の展開もあり得た。

あかねちゃんははる兄さんに相談するネタを作るためにデートをすることになり――当然相手に興味のないあかねちゃんは塩対応をして――それで相手が激昂したり、暴力的な手段に出たり――なんてことがないとは言い切れなかったのだ。

でもこれならあかねちゃんははる兄さんの助言通り、告白を断って終わりだろう。

「ごちそうさま」

はる兄さんは両手を合わせてつぶやいた。

「アカネ、恋愛を知りたいって言ってたけど、それって知ろうとして知れるもんじゃないと思うぞ」

「……そうかな？」

「一生誰かを本気で好きになることができない人はいると思うし、逆に誰も好きになりたくないのに好きになっちゃう人もいる。そういうものじゃないかな、恋愛感情って」

「理屈じゃない、と？」

「ああ。ホント、理屈じゃないんだよなぁ……」

きっとはる兄さんは、今、くろ姉さんやかちさんのことを考えているのだろう。

遠い目で苦笑いした。

「ま、俺は偉そうなこと言える立場じゃないけど、アカネがいい恋愛ができるといいなって思ってるぞ」

はる兄さんの優しさが伝わってくる。こういうところにあかねちゃんは惹かれたのだろう。

あかねちゃんは喜んでいるのか悲しんでいるのかわからない表情をしていた。

自分の想いに気がついてくれないことには忸怩たる思いがある。でも大切にしてくれるのはとても嬉しい。そんな雰囲気だった。

「……うん、ありがと、ハルにぃ。ワタシ、早めに断ってくるね」

「そうだな。それがいいと思う」

あかねちゃんが告白を保留したと聞いて顔を青くしたが、これならすぐに収まりそうだ。

それはいいのだが——はる兄さんの微笑みに、あかねちゃんが完全に恋する乙女の目になっている……。

（あかねちゃん、元々周りに興味がないけど、今は完全にはる兄さんしか見えてない……。この話題はこれで落ち着いたとしても、またとんでもないことをするんじゃ……）

そう考えると、胃が痛くなった。

「あおい、どうしたの？　大丈夫？」

「うん、大丈夫だよ。少し胃が痛くなっただけで……」

「それはよくないな。アオイちゃん、ソファーで少し休んでいって。えっと、胃薬は、と……」

「あ、はる兄さん、別にこれくらい……」

「いいから休んで」

そんなことを言われると嬉しくなってしまう。

結局わたしは夕食をやめ、ソファーに移動した。

するとすぐさまはる兄さんは毛布を持ってきてくれた。

「ほら、これかけて。暖房はつけてるけど、冷やさないように」

「あ、はい、すみません」

「……あ、胃薬ないな……風邪薬じゃダメだし……」

はる兄さんが一生懸命救急箱の中を探してくれる。それだけでわたしは幸せを感じていた。

「ハルにぃ、うちから取ってくる」

あかねちゃんが席を立った。

「……そうだな。それが一番早そうか」

「ちょっと待って、あかねちゃん。うちのも、この前くろ姉さんが料理作ったときに全部……」

「あ、そうだった！」

「そうか、うちに胃薬がないのもそのせいだ。クロの料理がこんな悲劇を誘発してしまうとは……くっ！」

「あはは、たいしたことないので大丈夫ですよ、はる兄さん」

苦笑いをしつつ言うと、あかねちゃんが財布を手に取った。

「あおい、待ってて。すぐにワタシが買ってくる」

「アカネ、待て。俺が行く」

「ううん、ハルにぃはここの家主。お客さんが来たとき困る。ここはワタシが行く」

「……わかった。頼んだぞ。自転車は俺の使ってくれ」

そう言ってはる兄さんは自転車の鍵をあかねちゃんに投げ渡した。

あかねちゃんが駆け足で家を出ていく。

はる兄さんはあかねちゃんを見送ると、ソファーで寝ているわたしに視線を合わせるため、膝をついた。

「ごめんな、アオイちゃん。体調悪そうだってわかっていたのに」

「そんな、謝ることなんて……。むしろ家にお邪魔しているのに、横になっていることが申し訳なくて……」

はる兄さんは眉間に皺を寄せると、わたしのおでこに軽くデコピンをした。

「はうっ」

痛みはない。けれど声が出てしまった。

「誰がどう見たって悪いのは俺。アオイちゃんは昔から人に気を遣いすぎだ。俺たちは子どものころから一緒で、兄妹みたいなもんじゃないか。もっと頼ってくれていいんだぞ?」

心の奥に、じわっと温かなものが染みわたる。

鼓動は弾み、飛び跳ねてしまいたいほどの喜びが内側から噴き出してきた。

(はる兄さんのもっと傍にいたい……お話がしたい……でも、それは――)

そう考えたとたん、はる兄さんの周りにいる魅力的な女性たちが頭をよぎり、身体は急激に冷え込んでいった。

(それでも……もう少しお話だけでもしたい……。何か、わたしだからこそできる話題はないだろうか……)

悩んだ末、出てきた案にリスクがあるのはわかっていた。

でもそれ以外思いつかなかった。

「はる兄さん、わたし——恋愛相談、しましょうか？」

「えっ……？」

意外な言葉だったのだろう。

はる兄さんは目をパチクリさせた。

「さっき、はる兄さんはあかねちゃんに言ったじゃないですか。男からの意見が必要なことがあるかも、って。でもよく考えてみると、はる兄さんの周りに恋愛相談ができそうな女の子って、少ないかもしれないなって思って。わたし、兄妹（きょうだい）みたいって言ってくれた、はる兄さんの力になりたいんです」

こうしてわたしは嘘（うそ）をつく。

まるでわたしははる兄さんに恋愛感情を持っていませんよ——そんな振りをする。

でもわたしの本音は、はる兄さんの力になりたいのではなく、はる兄さんの今の恋愛事情を知りたいという利己的なものだ。力になりたいのは嘘（うそ）じゃないけれど、後者のほうが遥（はる）かに欲求が強かった。

卑怯者（ひきょうもの）だなって思う。

でも報われないとわかっているのだから、このくらいは許してください——そう思うことは罪だろうか。

「あ、あおいちゃん……それは、悪いっていうか……」

「沖縄旅行に行く前、一度恋愛相談したじゃないですか。あのときはくろ姉さんと喧嘩していましたけど、仲直りできたんですよね？」

どうやらかつてわたしに恋愛相談をしたことを忘れているらしい。

はる兄さんはあっとつぶやき、まばたきをした。はる兄さんのバカ。

「あ、あー、そうだった！　あのときはありがとな！　あおいちゃんのアドバイス、役に立ったよ！　それからなんやかんやあって、クロとも仲直りできたんだ」

「なんやかんや……」

「ご、ごめん！　でもちょっと内容は言えないことが多くて……」

やはりくろ姉さんと秘密の関係がある、ということだろうか。付き合っているわけではないようだが、近い関係にあるのは間違いないだろう。

お母さんはすでにその雰囲気を感じ取っていたから今回の掃除からくろ姉さんを外した。そう考えると筋が通る。

……胸が痛い。

はる兄さんとくろ姉さんの距離が縮まったことは祝福すべきなのに……素直に喜べないわたしがいる。

心を蝕む毒。恋の毒だ。

だからわたしはちょっぴり意地悪なことを口走っていた。

「けれど、はる兄さんはかちさんにも惹かれていませんでしたか？」

「えっ……？」

「沖縄旅行の帰り、わたしにはそう見えましたが」

「うっ――」

明らかにはる兄さんは狼狽していた。

そこへ意地悪なわたしが――畳みかける。

「くろ姉さんへの好意を疑っているわけではありません。でもかちさんのことも少なからず……という感じに見えたので、その辺りをどう整理して、今、くろ姉さんといい感じの関係になっているのかと思いまして」

「そ、それは……」

「もちろん言えることだけでいいですよ。今日、はる兄さんの顔を見たとき、何か悩んでいる雰囲気でしたので、もしわたしで力になれることがあればな、と。そう思っただけなんです……」

はる兄さんは頬を搔いた。

「まったく、あおいちゃんには嘘つけないな」

「じゃあ……」

「ああ、実はちょうど女の子からの意見を聞きたいと思っていたところなんだ。言えないところは隠すけど、いいかな？」

「もちろんです。では聞かせてください、はる兄さん。――恋愛相談、しましょうか」

そしてはる兄さんはぽつぽつと話し始めた。

『はる兄さんとくろ姉さんは仲直りし、秘密の特別な関係にある』

『くろ姉さんと付き合っていないのは、かちさんも意識してしまっていて、百パーセントくろ姉さんを好きと言えない状況であることから』

『そんな状況下でももさかさんと演劇をして、ももさかさんも意識するようになってしまった』

『それが申し訳なさ過ぎて悩んでいる』

わたしはすべてを聞き終えた後、一気に吐き出した。

「も、もう一人気になる人ができてしまったって……はる兄さん、わたしは怒っていますよ！　はる兄さんは節操がなさすぎです！」

わたしはまた嘘をついている。『節操がなさすぎです！』とわたしは怒ったが、実のところ『複数人を同時に意識してしまった』ことには内心怒っていない。

だってはる兄さんの周囲には、魅力的な女性が多すぎる。

くろ姉さんはわたしの憧れだ。

可愛くて、しっかりもので、優しくて、頼りになって……もし自分が男性なら、きっとくろ姉さんを好きになったと思う。

かちさんは同性のわたしから見ても見惚れてしまうほど美しい。

凛としていて、気高く、努力家で、しかも若くして小説家。家も凄いお金持ちだという。迂闊には近づけないほどの魅力を持つ、別次元の人だ。

ももさかさんもまた別次元と言える。

幼少のころから苦労をしてきたそうだが、逆に言えばそこから自分の実力で世間から〝理想の妹〟と呼ばれるほどになったなんて、凄すぎる。四姉妹では妹に位置するわたしから見ても、ももさかさんは可憐で、何ごとも完璧で、笑顔を絶やさない理想の妹だ。

こんな魅力的な女性たちに囲まれれば、目移りするのは男性なら当然だ。これを非難する人はきっと、少女漫画を読めないのではないだろうか。だって主人公の女の子が魅力的な男の子に囲まれてドキドキする物語があまりにも多いから。

そしてはる兄さんは、魅力的な女性たちに求愛されるだけのものを持っている、とわたしは思っている。

その理由として誰もが挙げるのが、はる兄さんの演技の才能だろう。

もちろん演技の才能は素晴らしい。でも、はる兄さんの本当にいいところはそこではない、とわたしは思っている。

わたしがはる兄さんの好きなところは『泥をかぶってくれるところ』と『正直なところ』だ。

『誰がどう見たって悪いのは俺。アオイちゃんは昔から人に気を使いすぎだ』

さっきだってすぐに自分が悪いと言って、話をまとめてくれた。臆病なわたしは、はる兄さんが泥をかぶってくれたおかげでどれだけ救われたか、数えきれない。

また正直なところは、本当に安心する。

わたしは嘘をつく卑怯な人間だ。でもはる兄さんは心が開けっぴろげで、普通の人ならこっそり隠そうとするところまでさらけ出してくれる。今の『意識している女の子が三人になってしまった』というのもそうだ。

普通年下の女の子にこんな相談はしない。もっと年上ぶって無理やり正当化したり、強がったり、ごまかしたり、ただ単純に自分を守りたいから言わなかったり。これが当たり前。

はる兄さんは話してくれる。そして恥も外聞もなく、頭だって下げてくれる。

こういう風に開けっぴろげなところがわたしは愛おしいし、自分が嘘をつく人間だからこそとても安心する。

もっと多くの人に、演技の才能ではなく、はる兄さんのこういうところを見て欲しいと思う。

……とはいえ、これ以上はる兄さんを好きな人が出てくると困るので、評価して欲しいというだけで、さらにモテて欲しいという意味ではないけれども。

話が逸れてしまった。

こういう理由で、わたしははる兄さんが魅力的な女性に囲まれたせいで複数人を意識するのはやむを得ないし、はる兄さん自身が多くの女性に好かれるだけの魅力を持った人だと思っている。複数人同時に付き合いたいと言い出したのなら倫理に反するので止めるが、魅力的な異性たちに目移りして悩むことは、人間として当然だろう。

（わたしが怒っているのは――）

他の女性を意識するなら、わたしだって意識してくれてもいいのに――という、ただの嫉妬だ。複数人を意識することに怒るどころか、もっと色々な人を意識して、そこにわたしを入れて欲しいと思ってしまっている。

だって、相手がくろ姉さんならしょうがないと思っていたのに……。

かちさんに対してまでなら、魅力的な二人だしそういうこともあるかもって……。

でもそれが、まだ再会したばかりで、しかもはる兄さんから見て年下のももさかさんまで恋愛対象になるとしたら……。

それならわたしだって……恋愛対象とまでいかなくても……せめて妹から脱却して、一人の女の子として見てもらうことだって……。

そんなことを考え出したら、怒りが止まらなかった。

「――ごめんなさい」

はる兄さんは土下座した。

これ、くろ姉さんにすることは多いのだけれど、妹のように見ているせいか、わたしやみどり姉さん、あかねちゃんにはまずしない。

でもするということは、はる兄さん自身、相当な罪悪感を抱えているのだろう。

それはわかるのだが、どうにも抑えきれない怒りがこみ上げてきていた。

「そうです！　はる兄さん！　反省してください！」

わたしははる兄さんの頭を摑んだ。そしてヒステリックに髪をぐしゃぐしゃにした。これがわたしの精いっぱいの怒りを伝える行動だ。

「む～っ、む～っ」

わたしは喉の奥からうなるような意味不明な言葉を発した。胸の奥にモヤモヤした感情が渦巻いているけれど、泣き叫ぶとかできないので、こんな声が漏れ出る羽目になってしまっている。

「わわっ、ちょ、アオイちゃん⁉」

髪をぐしゃぐしゃにされたはる兄さんは困り顔だ。

その顔を見て、わたしはちょっとした征服心が湧いてきていた。

ただでさえはる兄さんの髪を好き放題に触ることが楽しすぎたところへ、これ。味わったことのない快感に、わたしは怒り顔を作りながら、もっと欲が出てきていた。

「はる兄さん、おとなしくしててください」

「あ、はい」

わたしにすごまれ、はる兄さんがおとなしくなる。めったに怒らないわたしが怒ったことで、逆らっちゃダメと認識したらしい。

はる兄さんは上半身を起こし、正座をしたまま固まった。

「も～っ、はる兄さんは～っ」

荒くなる呼吸がバレないよう抑えつつ、わたしははる兄さんの頬や首をベタベタと触った。女の子とはまったく違う、強いハリの肌。触れれば跳ね返ってくる太い筋肉。経験したことのない質感に、わたしの鼓動は跳ね上がっていく。

「もう少しおとなしくしていてくださいね……」

はる兄さんが動かないことをいいことに、今度は肩や胸に触れる。

「あ、アオイちゃん……」

「もう少し……」

今度は後ろに回り、背中を見た。

とても大きな背中。

うちはお父さんよりお母さんのほうが背が高く、背中も大きい。

でもはる兄さんはそのお母さんより背が高く、背中も大きい。

その立派な背中をたっぷり味わいたくて、わたしは吸い込まれるように背後から抱きついていた。

「あ、アオイちゃん⁉」

動揺した声が聞こえる。でもはる兄さんは動かない。四つも年下のわたしが言ったことを、守ってくれているのだ。

だからわたしももう少し堪能することにした。耳をつけたことで聞こえるはる兄さんの鼓動と、腕を回してわかった胸回りの広さが、わたしに幸福感を与えてくれる。

「あ、あの～」

とはいえ、さすがにここまでだ。すでにやりすぎたくらいと言っていいだろう。

急速に頭が冷えてきたわたしは、パッと離れた。

「ふ、ふぃ～」

はる兄さんは緊張をほどき、あぐらをかいた。

「な、何だったんだ、今の……？　何の意味があったんだ、アオイちゃん？」

「はる兄さん、どうでした？」

「ど、どうって？」

「わたしを意識、しましたか？」

「！」

はる兄さんは目を見開いた。

先ほどわたしは『節操がない』とはる兄さんを叱っている。となると、このセリフによって今までの行動は『はる兄さんが節操がないかどうか試した行動』と取れ、男女としての好意とは関係ないものと認識されるだろう。

はる兄さんは、わたしが用意しておいた言い訳をそのまま信じたようだった。

「あ、あはは、びっくりしたぁ。ダメだぞ、無闇にこんなことしちゃ」

「じゃあ意識してないんですね？」

はる兄さんは胸をドンと叩いた。

「もちろん！　そりゃアオイちゃんは魅力的な女の子だからちょっとドキドキしたけど、それはそれ！　でもさ、ホントそういう試すようなことはしちゃダメだぞ？　アオイちゃんは可愛いんだから、男なんてすぐオオカミになっちゃうからな！」

意識してないと断言されて落ち込み、魅力的な女の子と言われて喜び、ドキドキしたと言われてチャンスを感じてしまう。

本当に、わたしってバカだ。

いじけたわたしは、思わず消え入るような声でつぶやいていた。

「はる兄さんならオオカミになってもいいのに……」

「……えっ？」

「ただいま！」

玄関のドアを勢いよく開け、あかねちゃんがリビングに駆け込んでくる。

手に抱えた袋には胃薬。しかも二種類入っていた。

「どっちが効きやすいかわからなかったから、両方あるといいと思って！」

「ありがとう、あかねちゃん」

わたしは胃薬を受け取りながら、あかねちゃんのいないところで自分だけ幸せな想いをしていたことに罪悪感を覚えた。

あかねちゃんだってはる兄さんのこと、好きなのに……。

わたしがしていたようなこと、あかねちゃんだってしたいはずなのに……。

やっぱりわたしは卑怯者だ……。

また胃が痛くなり、わたしはあかねちゃんの買ってきてくれた胃薬を飲んだ。

「調子はどうだ、あおいちゃん」

はる兄さんが心配そうに顔を覗き込んでくる。

わたしは笑顔を作って返した。

「ありがとうございます、はる兄さん」

いつまでわたしは自らの心に嘘をつき続ければいいのだろうか……。

答えてくれる人は、誰もいなかった。

第二章　朱音のミス

＊

十一月末になり、期末テストが来週に迫ってきていた。

そんな昼休みのこと。

「末晴、そういや今日から期末終わるまでは部活やらねーからな」

俺が卵サンドを三口で食べ終えたところ、向かいで昼飯の焼きそばパンをほおばっていた哲彦は言った。

「うちはこれでも進学校だ。だから期末前は部活動禁止なんだとよ」

そういや部活に入っているやつがそんなこと言ってた気が……。

高校ではエンタメ部こと群青同盟にかかわるまで部活とは縁がなかったから、言われて思い出した。

「お前に学校のルールを守ろうって精神があるとは驚きだな」

「ルール違反ってのはな、リスクを冒すのに見合うメリットがあるから、やる価値があるんだよ」

「あいかわらず禁酒法時代のギャングみたいな発想してるな、お前」

「そろそろクリスマスと年末年始の予定を立て始めなきゃいけない時期だからよ。まあオレとしても調整する時間ができてありがてぇって思ってるわけだ。去年はデート間隔を詰めすぎて、直前にデートしてた子とばったり遭遇してさ。スタンガンを出されたときはさすがに血の気が引いたぜ」

「何いい思い出話みたいに語ってんの？　死ね！」

クラスメートの女子たちが『最低』とか『女の敵』とか言っているのが聞こえてくる。

当然、男子生徒からの評判も最悪だ。

「甲斐哲彦殺すべし」

「ついでに丸も殺っておこうぜ」

……何で俺も？　巻き込まないでくれる？

といった感じで殺伐としてしまったクラスの空気にため息をついていると、思いがけないお客さんがやってきた。

「末晴、ちょっといいか？」

「あ、橙花、どうした？」

教室に入ってきたのは、みんなが頼りにする穂積野高校の秩序にして生徒会副会長、恵須川橙花だ。

あいかわらずのキリリとした瞳と、颯爽としたローポニー。場にいるだけで凜とした空気が伝わってくるかのようだ。

「げっ」

哲彦が顔をしかめた。

「何だ、甲斐。私がここに来ては不満か？」

「面倒くせぇやつの顔を見ると、飯がマズくなるんだよ」

「ならすぐに席を外そう。私が用があるのは末晴だ。ちょっと生徒会室に来てくれないか？」

「ん？　ああ、わかった」

俺は残った卵サンドを口に押し込むと、パックの牛乳を飲み干した。

そんな俺をじーっと見ていた哲彦がポツリとつぶやいた。

「お前ら名前で呼び合っているんだな」

「⁉」

橙花が赤面する。生真面目なだけに、こういうあおりに耐性がないようだ。

「な、何がおかしい！」

「別におかしいとは言ってないだろ。ただ、お前の今の反応はおかしいと言っていいだろうな～」

哲彦は机に肘をつき、ニヤニヤと笑った。

殴りたくなるくらいムカつく顔だ。実際、橙花は握りこぶしを作っている。

「くっ、貴様……！」

「おいおい、まさか生徒会副会長様が暴力をふるうなんてないだろうな？　こっちは事実を述べただけだぜ？　痛いところを突かれたからって、暴力でごまかそうってのはいただけないな」

「ぐぐっ！」

周囲を見渡せば黒羽や白草もこちらを見ていた。

何やら誤解を受けているらしい。

俺ははっきり言ってやった。

「哲彦、橙花は俺の貴重な女友達なんだ」

「ほう、女友達」

「そう。この前の騒動でお世話になったからな。友達が名前で呼び合うのはおかしくないだろ？　何でもかんでも恋愛に結びつけんなよ」

哲彦は俺と橙花の表情を見比べ、頷いた。

「まあ別にそれならそれでいいが」

これでいさかいは終了、とならないのが哲彦の悪いところだ。

橙花に向けて意味ありげに笑いながら言う。

「じゃあ恵須川、末晴を生徒会室に連れて行けよ。『友達として』話したいことでもあるんだろ？　早く行けよ。時間が短くなっちまうぞ。『友達として』話す時間がな」

「甲斐……貴様というやつは……」

橙花が拳を振り上げ、怒りに打ち震えている。

結構珍しい反応だ、と俺は思った。

橙花は委員長気質で怒りっぽく見えるが、実のところ自分にも他人にも厳しいだけ。だからあまり怒りを露わにせず、冷静に喝を入れたり諭したりする。

それが今回に限って怒り心頭なのは、恋愛を絡めて茶化されたからだろう。

性格を知っていれば何となく想像はつく。こういうの嫌いそうだもんな、橙花は。

「……もういい。別に隠すことではないから、ここで言う」

肩の力を抜き、大きなため息を一つつく。

それだけで橙花は冷静さを取り戻していた。

「末晴、生徒会から群青同盟に依頼を出したいんだ。内容はクリスマスパーティを盛り上げてくれ、というものだ」

ざわっ、とクラス内にどよめきが広がった。

「知っての通り、例年行っている生徒会主催のクリスマスパーティは、盛り上がりに欠けてな」

「あー、そういや俺、去年参加しようか迷ったなぁ……」

俺は腕を組み、当時の気持ちを脳内で再生した。

「でも内容を聞いてみたら、基本的に体育館でお菓子と飲み物が振る舞われて、ビンゴ大会とか、プレゼント交換会とかするだけなんだろ？　子供会に毛が生えたものだから出なくていいかな……って」

周りで聞いていたクラスメートたちもうんうんと頷いていた。

「あのパーティに出ると彼氏いないって丸わかりで、行きにくいんだよね」

「別に彼氏いなくても行かないよ。クリスマス会やる友達がいないって見られるし」

「クリスマス楽しんでいる人たちって、仲がいい人たちで集まってるもんねー」

「出るメンツ、生徒会が無理やり集めた人だけだから出会いの場でもないし」

「変に合コンっぽくされても困るって」

女子のトークが生々しい。だがまあ、これが『生徒会主催クリスマスパーティ』のイメージだろう。

橙花は肩をすくめた。

「生徒会としても問題点は理解しているんだ。しかしこうなってしまうのにも理由はある」

「それって？」

気になったので突っ込んで聞いてみた。

「まず予算の問題だ。食べ物や飲み物は生徒会の予算から出ているが、盛り上がらないから翌年度の予算が増えるはずもない」

「ああ、なるほど……」

「安全衛生面の問題もある。火を使うのは当然禁止。生ものも万が一の食あたりを考えて禁止だ。そうなると、どうしてもコンビニで買える乾き菓子程度になってしまう」

「寿司とか出れば飯だけでも食いに行こうってやつが来そうだが……」

「予算と衛生面の問題で無理だな」

聞いてみればしょうがないが、がっかりな内容だ。

「かつて、クリスマスだから『出会い』に注目してイベントをやってみたいとの話も出たようだ。しかし合コンみたいなことを生徒会主催でやるのかと先生方から注意され、企画はなかったことに。先生たちから見れば、カップルなんて問題の火種にしかならないからな。無事受験が終わってから大学で好きにやってくれ、というスタンスのようだ」

先生の立場ならまあそういう感想になるか……。

「でもそれだと、告白祭はいいのか……?」

「あれは企画した生徒会長が辣腕だったのと、時期が夏休み明けだからな。最後のガス抜きにちょうどいい、という判断もあるようだ」

うーん、聞いてみればなるほどといった感じだ。

「他の問題点として、『出会い』に注目すると、人気のある生徒は当然少数という点がある。そんな生徒が出たら出たで荒れる元になるし、出なければ出ないで不満が出る。端的に言えば甲斐みたいなやつは出ても出なくてもリスクというわけだ」

「なるほど、今の例はすぐに理解できた」

合コンっぽい企画をして哲彦が出たら、哲彦がいい子をまとめてかっさらっていく。出なかったら出なかったで、哲彦目当ての子から不満が出るし、哲彦が来ないなら参加をやめようと思う子が出る――そういう話か。

まあ哲彦は現在女子から総スカンを食らっているから大丈夫かもしれないが、哲彦を例に出すだけで非常に理解しやすい。

例に出された哲彦は、眉をしかめてつぶやいた。

「で、オレたちにそんなクソみてぇな企画を盛り上げろと？」

橙花は哲彦の相手をしだすと泥沼になると判断したのだろう。

華麗に無視をした。

「というわけだ、末晴。甲斐は不満を漏らすだろうから、志田や可知、桃坂と組んでこの企画を通してくれないか？」

「げっ」

そこまでは想定していなかったらしい。珍しく哲彦が顔を歪めた。

「おいおい、恵須川。卑怯なことすんじゃねーよ」

「卑怯？　どこがだ？　群青同盟は多数決で企画を決めているのだろ？　卑怯どころか、三票確保して企画を通すのは正攻法のはずだが？」

「こいつ……」

「志田と可知も聞いていたんだろう？」

橙花は黒羽と白草に目を向けた。

二人ともここまではシレッとしていたが、さすがに無視できないと思ったらしい。

黒羽は振り返り、橙花に返答した。

「……わかったよ、えっちゃん。どうなるかわからないけど、善処はする」

「助かる、志田」

「いいよ、えっちゃんにはいろいろお世話になってるし」

黒羽がニコニコ笑っているると、クラス内の空気が穏やかになるのがわかる。友達の女子はもちろんのこと、可愛らしい黒羽が笑うと男子も気分がよくなるやつが増えるためだ。そういうところを見ると、やっぱり黒羽は人気者なんだなと実感する。

「私は受けるとは言わないわよ」

峰と一緒に昼食を食べていた白草は、美しい黒髪を颯爽となびかせた。

「一応理由を聞かせてもらいたいものだが？」

「正直なところ、そういう行事に興味が湧かないわ。そもそもみんなでクリスマス会とか経験ないし」

まあ白草はお嬢様育ちだし、子供会でのクリスマス会すら経験がないんだろうな。この辺、庶民育ちで社交的、学校行事ではいつも中心にいた黒羽とは正反対だ。そもそも排他的で孤高な性格故に『クリスマスパーティの企画運営』が似合わないのは、言わずとも知れた。

難色を示す白草に橙花は言った。

「できれば協力をお願いしたいが、無理強いはできないな。まあ特に急ぎの話でもない。期末テスト後にエンタメ部で話し合って決めてくれ」

「わかったわ、それくらいなら……」

白草って橙花には一歩引いている印象だ。一方、橙花はいつも堂々としていて、立ち位置は変えていない。

その差からか、白草は結局橙花に押し切られている気がする。哲彦とは別の意味で苦手なのかもしれない。

橙花は俺に目を向けた。

「末晴も同じだ。協力をお願いしたいが、無理強いはできないと思っている。たぶんこの話を今みんなの前で話したことで、いろんな意見がお前のところに来るだろう。それらを聞いて、前向きに考えてみてくれ。私としては、自分がかかわる生徒会活動でなるべく多くの人間が楽しい思いをしてくれればなと思っているだけなんだ」

橙花らしい、誠実な物言いだ。何よりも多くの人間を楽しませたいと思っている気持ちが素晴らしい。

　だからなるべく協力したいと思った。

「……わかった。じゃあテストが終わったら、俺からの企画ということで会議にかけてみる」

「ありがとう。助かる」

「そうだ、今までのクリスマスパーティの予算とか概要とか、参考になると思うから資料もらえないか？」

「了解した、用意しておこう。……あ、ただ……これは話を聞いてもらった後で申し訳ないのだが――」

　橙花は言葉を止め、注意深く俺を見た。

「生徒会担当の先生から、もし群青同盟から期末で赤点の者が出た場合、クリスマスパーティについて依頼しちゃいけないと言われている。だから頑張って赤点は免れて欲しい」

「たぶん大丈夫！　……なはず」

　最初は元気よく返したが、段々と自信がなくなり、最後にこそっと付け加えた。

「本当か？　先生からは末晴が一番危険だと聞いている」

「先生、そればらしちゃダメだろ⁉」

「具体的な数字は聞いてないから。次に怖いのは桃坂で、あとの三人は心配いらない、と」

「ううっ……わかった。頑張る」

　この前の中間テストは中の下程度。今までもそのくらいだったし、骨折していたことのハンデを考えれば悪くはない。もちろん黒羽、白草、哲彦の三人と比べると圧倒的に下だけれども。

　今は二年生の冬。さすがに能天気な俺でも大学受験がちらついてくる。

（赤点回避で満足するんじゃなくて、希望の大学とかも考えて、学力を上げていかなきゃな……）

　そもそもどこの大学を受験するのか、その前にどんな学部に行きたいのか、将来何になりたいのか……考えることはたくさんある。

（以前アオイちゃんは俺に、俳優になるのなら勉強なんて必要ないんじゃないかって言ってたっけ……）

　それは確かに一つの正解だ。俳優を死ぬ気で頑張るのなら、勉強は赤点回避レベルで十分。大学受験はせず、高校卒業後は芸能事務所に所属するって選択だってある。

　でも最近若手俳優やアイドルが有名大学に行くことも多く、勉強を頑張ること自体は決して回り道じゃないだろう。

「じゃあ期末テスト、互いに頑張ろう」

　男前な言い方をして、橙花は教室を去っていった。

　橙花が依頼してきた企画は哲彦と相談し、『この件の話はテストの後で』ということになった。まあ俺が赤点を取ったら意味のない話なので当然と言えるだろう。

ただ俺は気がついていなかった。

「…………」

「…………」

『俺が赤点を取るわけにはいかない状況に置かれている』ということで、頭を働かせ始めていた黒羽と白草に。

＊

その日の放課後――

部活もないということで、帰って勉強を頑張ろうと思い、カバンを背負ったときのことだった。

――ブルルルルッ！

携帯が震える。どうやらメッセージが届いたらしい。

俺はポケットから携帯を取り出し、メッセージを確認しようとした。

――ブルルルッ！

また震えた。連続の送信だろうか？

そう思って画面に目を向けたときのことだった。

――ブルルルッ！

三連続のメッセージ。

しかし同一人物から三連続ではなく、たまたま三人が同じタイミングで送信しただけだった。

最初に送ってきたのは――黒羽だ。

『一緒に帰らない？　ハル、今日から勉強のスパートするでしょ？　テスト範囲の確認をしたほうがいいし、苦手なところがあればお姉ちゃんが相談に乗るよ？』

ありがたい話だ。いつも黒羽は俺の勉強を助けてくれる。

一緒に帰らない？　というメッセージも、別に珍しいことじゃない。教室で一緒に帰ろうと言うと目立つので、高校入学時から互いに誘うときは口ではなく携帯で、だ。

俺は前方にいる黒羽を見ると、黒羽はにっこりと微笑んでくれた。そんなささやかなやり取りが俺の心を温かくする。

いつもありがとう、一緒に帰ろう、助かる——そんな内容を返そうと思ったが、他の二つのメッセージを先に見ることにした。

次のメッセージは白草からだった。

『スーちゃん、よかったら一緒に帰らないかしら？　スーちゃん、勉強で悩んでいそうだし、力になれればなと思って……』

あいかわらず普段のクールな雰囲気に反して、メッセージだと献身的だ。

俺がちらりと白草を見ると、白草はクラスではあまり見せない穏和な笑顔を俺に向けてくれた。そんな特権的な笑顔が俺の優越感を刺激し、嬉しさを倍増させる。

だが！　問題がある！

とてもありがたい申し出……なのだが！

こ、これはまさかの——ダブルブッキング、というやつではないだろうか！

わざわざ携帯から伝えてきている以上、たぶん黒羽も白草も二人きりで帰ることを想定しているだろう。

「……よし、とりあえずもう一個のメッセージを見よう！」

一秒で現実逃避をした俺は、最後のメッセージを表示した。

真理愛からだ。

『末晴お兄ちゃん、一緒に帰りませんか？　橙花さんからの依頼について聞いたのですが、モモも成績は心配なところがあり……ご相談したいのです』

俺は眉間をつまんでみた。

目のかすみがないものかと思ったが、視界はクリアで何の問題もない。

一応メッセージを順番に読み直してみたが、ちゃんと三人とも一緒の下校を誘う内容だった。

「ダブルどころか**トリプルブッキング**じゃねぇか！」

俺は頭を抱えた。

落ち着け……どうしてこうなった……たった五分前までは平和だったはずだ……これはマズいぞ……。

「おいおい末晴～、何か面白いセリフが聞こえた気がするんだが～？」

哲彦が肩を叩いてくる。

こいつ、こういうときだけ、イキイキしてやがる……っ！

「じゃあな哲彦、また明日」

俺は真顔になってグッバイとばかりに走り出した。

――が、すぐに哲彦に捕まり、羽交い締めにされた。

「おっとぉ？　トリプルブッキングの話を聞きたいやつらがたくさんいるんだが～？」

いつの間にやら男子生徒たちが集まってきていた。皆、バットやロープなど、武器に使えそうなものを手に持っている。

「ギルティィィィ！　可愛い女の子とのトリプルブッキング、ギルティィィィ！」

「お前の言う通りだ、郷戸。全員一致で有罪――死刑にしよう」

あれ、宇賀のやつ、以前は郷戸を止めていたはずだが……パターンが違うぞ⁉

前門のクラスメート、後門の哲彦。すでに逃げ場はない。

頼るべきは過去と考え、俺は切り抜けてきた事例を高速で思い返した。

（……そうか！）

いつも助けてくれたのは、黒羽だ。

ということで期待に満ちた瞳を向けてみた。

が。

「…………」

「ひぇっ⁉」

目が合った瞬間、思った。これヤバいって。

クラスメートの男子どももなんて生ぬるい。修羅が背に宿っている。

なので思わず視線を逸らした。

だがそのことが黒羽の機嫌を害してしまったらしい。

修羅を背負った笑顔のまま近づいてきた。

「……みんなごめんね。ちょっとハルと話があるから、遠慮してもらっていいかな？」

「し、志田さん、すみませんが今回ばかりは――ひぃっ！」

「は、はい！　失礼しました！」

男子たちも黒羽にはたじたじだ。

男子たちは親分のために道を空けるがごとく左右に分かれると、いそいそと武器を片付け始めた。

「ハル、ここじゃなんだから、こっちへ――」

「あら志田さん？　どこへ行くのかしら？」

そこへ白草が参入してきた。

なお、俺は逃げ出したいのだが、今もまだ哲彦の羽交い締めから脱出できないでいる。

「私もちょっとスーちゃんにお話があるの。遠慮してもらえないかしら？」

「残念ね、可知さん。あたしのほうが先に話しかけたの。遠慮するのは可知さんのほうだと思うんだけど？」

「順番？　それよりも大事なことはスーちゃんの意思じゃないかしら？　聞いてみましょうよ。スーちゃんがどっちと先に話したいか」

「へー、ほー、そこまで言うならのってあげる。ハル、お姉ちゃんと話したいでしょ？」

「スーちゃん、私よね？」

教室はすでに地獄のような空気となっている。嫉妬を全開にして武器を持ち出す男子生徒たちでさえ、お通夜のようなありさまだった。

「くわばらくわばら……さっさと帰ろ……」

おい、そこのさっきバット持ち出してたやつ。こういうときに絡んで来いよ。

「南無南無……成仏しろよ……」

てめぇ、死んだことにすんなよ！　死んだら絶対化けて出てやるからな！

「おいおい、どっちにするんだ、末晴～」

楽しんでいるのは俺を羽交い締めしている哲彦くらいなものだ。くそっ、ホントこいつカスだな！

「ハル」

「スーちゃん」

「「どっち？」」

二人の顔が迫ってくる。ここまで圧力をかけられ、羽交い締めにされ、とにかく結論を出すしかない。

「あ、あの、俺は――」

そう思い、口を開いたときのことだった。

「あの、末晴お兄ちゃん！　メッセージが返ってこないのですが！」

「もうダメだぁぁぁぁ！」

真理愛の登場に俺は頭を抱えてうずくまった。

＊

結局、哲彦が交通整理を行い、黒羽、白草、真理愛の順番で話すことになった。人目につかないよう学校の外、各自指定の場所に俺が立ち寄っていくという手はずだ。

まずは黒羽から。黒羽とは帰り道の堤防で合流した。

「悪い、寒い中待たせちまって」

「ううん、気にしないで。とりあえず座れば？」

「ああ」

誰も通りかかりそうにない、吹きさらしのコンクリートの階段。

その段差を椅子に見立てて座る。

俺は黒羽との間に、人が一人座れる程度のスペースを空けていた。いくら寒風が吹きすさぶとはいえ、すぐ隣に座ると恥ずかしいからだ。

しかし――

「……よっ、と」

黒羽が距離を詰めてきた。おかげで肩が触れ合うほどになってしまう。

「く、クロ……っ！　近いって……っ！」

「あたし〝おさかの〟だよ？　こういうことしちゃダメ？」

「そ、それは――」

「ほら、寒くなるとさ、カップルが一本のマフラーを二人で巻くってことあるでしょ？　ああいうの、あたし憧れがあって。だからこうやって寄り添って温め合うのって、やってみたかったんだ」

「うっ――」

そんな健気なことを言われると、口に出そうとした言葉を呑み込むしかなかった。

（いや、待て。落ち着け、俺。アオイちゃんとの会話を思い出すんだ……）

先日、蒼依と朱音が掃除に来た日。

蒼依は帰り際、朱音に聞こえないよう、俺にこっそりと言った。

『はる兄さんは今、くろ姉さんを含む三人を意識してしまっていて、罪悪感にさいなまれているんですよね？』

『ううっ、そう聞くと最低だよな、俺……』

『なら冷静になるために、少し距離を取ったほうがいいんじゃないでしょうか？　露骨に避けるのははる兄さんも望まないでしょうし、皆さんもびっくりすると思うので、密着したらそっと距離を取るとか。はる兄さんは女の人の色香に弱いので、ちゃんとしたラインを決めておいたほうがいざというとき正気を保てる気がします』

蒼依のセリフはなかなか手厳しいが、核心をついている。女の人の色香に弱い自分を自覚しなければならない。

だってさ、俺バカだから、可愛い女の子が近くにいて笑顔を見せてくれたら、幸せになってだいたいのことはどうでもよくなるんだよな……柔らかい手で触れられたりしたら、脳が溶けて惚れちゃいそうになっちゃうし……。

人間とは欲望にまみれた生き物……中でも魅力的な異性からの誘惑は、生存本能に直結する強力なものだ……。

（しかし！　人間には理性がある！）

耐え忍ぶのは辛いことだが、迂闊に手を出したら破滅する……。みんな魅力的で関係が深いからこそ、勢いで選んじゃいけない……。ちゃんと自分の気持ちと向き合った末に、結論を出さなければ失礼だろう……。

その点、蒼依が提案してくれた『接触は避けるというラインを引く』は素晴らしい一手だ。

触れられたり密着されたりしたら俺の脳は溶ける。脳が溶けたら思考ができない。

だが最初から接触を避けようと決めていれば、ふらふらになってもそのくらいの行動はできるはずだ。

「……ね、ハル。こうやって肩が触れると、あったかいね」

黒羽と触れた部分から温もりが伝わってきて、ずっとこのままでいたくなる。

(だが！　ここは我慢のときだ！)

俺は無言ですーっと移動し、距離を取った。

「…………」

黒羽は少しぼんやりし、意図を摑みかねている感じだったが、また距離を詰めてきた。

「…………」

俺は再び何も言わず距離を取った。もう横に移動はできなかったので、そーっと一段階段を下りた。

「…………」

「…………」

「…………」

「どういうことなの、ハル！　お姉ちゃんに説明しなさい！」

「ギブギブ！　首を絞めるな！」

背後から抱きつかれて首を絞められた。

同じ首を絞めるでも、手で絞めているんじゃない。腕を首に回し、両手を十字にしてがっちりロックしている。

「っていうか、胸！　胸が当たってるって！」

「そんなこと言ってる場合じゃないし！」

「それは世界平和の次くらいに大きな問題だろうがぁあ！」

「何なのよ、それ！　ハルにしてみたらラッキーくらいなもんでしょ!?」

「そそ、そうなんだけど！　だからこそマズいというか！」

「だからこそ？　……ふ～ん」

背後から抱きつかれているので、俺は黒羽の顔が見えない。

でもわかった。とんでもなく凶悪な表情をしているって。

「じゃあ……これはどう？」

黒羽は俺を拘束から解き放って横に座り直すと、俺の手を探るように触れ、優しく握った。

「あっ――」

黒羽の手の触り方は、まるで目隠ししたまま、そこに手があるかどうかを確認するような感じだった。

ただそこにいてくれるのが嬉しいと言われているようで、不思議と安心する。

黒羽に触れられるとドキドキしっぱなしだったが、こんな風にされるとそのいじらしさが伝わってきて、興奮ではなく温かさを感じた。

横を見た。想像では俺を支配するお姉ちゃん顔だと思っていたのだが、実際は母性さえ感じさせるような慈しみに満ちた笑顔だった。

「ハルのことだからさ、きっとモモさんのことも意識するようになっちゃって、〝おさかの〟のあたしに申し訳なくなっちゃったんじゃないかな」

「えっ……？」

「密着するとデレデレになって何も考えられなくなっちゃうから、節度を持たなきゃって思って、だから接触を避けてるとか……違う？」

「全部的中してて怖すぎるんだけど！」

コワイヨー、俺の幼なじみ、全部お見通しスギルヨー。

黒羽は腕を組み、ため息をついた。

「……その行動には不満があるけど、誠実さを感じないわけではないし、理解はできる」

「不満って？」

「こうできないこと」

黒羽は自然な仕草で横に座り、頭を俺の肩に置いた。

「っっ！」

こつん、と乗ってきた頭の重さとサラサラの髪の感触があまりにも心地よくて。

（あれ、もうクロを選べばいいんじゃないかな……）

一瞬そう思いかけたが、理性をフル回転。

「っっ！」

俺は飛びのいて、誘惑の魔の手から逃れた。

「ううっ、落ち着け、俺……このままじゃ堕ちる……堕ちちゃダメだ……」

「どうしてダメなの♡　さっさと堕ちちゃえ♡」

「――――」

めまいを引き起こすような怒濤の可愛らしさが押し寄せてくる。

透明なリップクリームが塗ってあるだけなのに柔らかそうな唇が目に留まり、絶句した。

「観自在菩薩、行深般若波羅蜜多時、照見五蘊皆空、度一切苦厄……」

俺は黒羽に背を向けてしゃがみ込むと、般若心経を唱えつつ、地面に円を描いて心を落ち着かせた。

「あ、なんだかごめん……」

「く、クロが悪いんだからな！　こんなことされたら――」

「……されたら？」

「……言わせないでくれ」

「ふふっ、ハル。ちゅー……したくなっちゃった？」

「だから言わせるなと！」

「……聞きたかったのに」

黒羽は立ち上がると、肩をすくめて落ちていた石を蹴った。

「まあでも、今のに耐えられるのなら、可知さんと桃坂さんから同じようなことをされても耐えられるだろうし、そこはちょっと安心したかな」

ペロッと舌を出し、黒羽は笑った。

「試してたのかよ⁉」

「そうだね。あと、あたしはどうすればいいのか、どうしたいのか……そんなことを考えてた」

「……何か浮かんだのか？」

「うん、これはお願いなんだけど――」

黒羽は先ほどと同じように、俺の手を探るように摑み、軽く握った。

「ハル、あたしが握ったら、軽く握り返してくれる？」

「ああ、いいけど……」

言われた通り、軽く握り返す。

握り返されたことを確認すると、黒羽はすぐに手を離した。

「じゃあはい、終わり」

「クロ、これってどういう意味なんだ？」

深い意味があるようなないような……少なくとも俺にはまったく意味がわからなかった。

「ハルは女の子と接触をしないように……って考えているんだよね？」

「そ、そうだな」

そうやって言われると、今の自分はなんて贅沢な身分なのだろう、と身に染みて感じる。

『はる兄さんは節操がなさすぎです！』

そうだ、蒼依が言った言葉こそ正しい。

女の子に免疫がないから触れると凄く嬉しいし、つい舞い上がってしまう。

だがそれは所詮言い訳だ。黒羽、白草、真理愛に対して深い信頼を置いているからこそ、そんな節操のない自分を節制していかなければならないだろう。

「でもさ、これくらいならいいでしょ？」

黒羽はもう一度俺の手に触れてきた。

時折見せる、色気たっぷりの撫でまわすような触り方じゃなく、言わば『家族的触り方』だ。

「確かに、これなら」

こういう触り方なら俺は脳を揺さぶられないし、むしろ心がホッとするくらいだ。問題だった『色気によって思考停止してしまう』なんてことは起こりそうもない。

「あたしってさ、前科があるでしょ？　ハルを振っちゃったり、嘘をついちゃったり……」

「まああれは俺も悪かったし……」

「ううん、あれはあたしが悪かったの。でもだからかな……信頼を取り戻せているか、不安になるときがあるの」

「クロ……」

黒羽はいつも強い。そのせいで時折忘れそうになってしまうが、同時に普通の女子高生でもあるのだ。

「〝おさかの〟だってさ、あたしが無理やり押し切っちゃったから、ハルは受けてくれたんじゃないかなって……。ちゃんと見てもらってるのかな、ちゃんと意識してもらってるのかな──そんなことを考えちゃうときがあるの」

「それは違うって！　俺はクロに〝おさかの〟を提案されて嬉しかったし！　今だって──意識してる」

フラフラしてしまっている俺だけど、それは意識しているからフラフラしているわけで。だからこそ、ここは断言できた。

「……うん、わかってるつもり。でもね、可知さんやモモさんと仲良くするハルを見ると、どうしても不安はよぎっちゃうの」

「……それは俺のせいだな」

これほど黒羽を不安にさせてしまっていたなんて──罪悪感でいっぱいだ。

「ううん、気にしないで」

黒羽は触れている俺の手を、ぎゅっと握った。

これは先ほど依頼されたことの再現だ。

だから俺は握り返した。

「ありがと、ハル。やっぱりこれ、いいな」

「いいって？」

「凄く落ち着く。『ソフトタッチコミュニケーション』……とでも言うのかな。ちゃんと通じてる。そんな気がして、安心するの」

「それはわかるな。なんだかずーっと昔、母さんが手を握ってくれたり、撫でてくれたりしたときと同じ安心感っていうか……」

もう記憶の彼方のことだけれど、昔、母親と触れ合うのは恥ずかしいことじゃなく当たり前にすることで、安心し、喜び、幸せを感じていた行為だった。成長するにつれてうっとうしくなり、子ども扱いされているように感じ、段々としなくなっていった。でも、人間の本能には、他人と触れることの幸せの記憶がきっと残っている。

「うん、だから、あたしが手を握ったら握り返して。お願い」

「わかった。約束する」

たぶんこれ、白草や真理愛としたら凄く意識してしまうんだろうけど、黒羽となら抵抗感がない。こうしたじゃれ合いに近い行為をすんなりと受け入れられる土壌がある。幼なじみって、家族と恋人の真ん中にあるような関係なのかもしれない。

「ということでハル、話は本題に入るけど、勉強大変でしょ？」

「そういえば最初の連絡はそういう話だったな!?　忘れてたぞ!?」

どれだけ遠回りしたんだ、この話⁉

「まあまあ。それでさ、いつものようにあたしがハルの家に行って勉強一緒にしよっか？」

「うーん、それ、ダメなんじゃないか？」

「何で？」

「アオイちゃんから聞いたけど、俺たちの仲を銀子さんに警戒されたから掃除来れなかったんだろ？　掃除がダメなら勉強も無理なんじゃ？」

「うっ……その可能性は高いかも……。でもでも、聞いてみるから！」

俺は少しだけ目をつぶって考え、すぐに結論を出した。

「今回はやめとこうぜ。クロと二人で勉強って今まで普通にやってたけど、〝おさかの〟になった今はさ、逆に意識しすぎちゃいそうではかどる気がしない……」

何より今、黒羽と二人きりになると、理性が崩壊しそうで怖い。

黒羽が大事だから、いい加減な判断をしたくないから、ちゃんと距離を保とうと思った。

「ま、まあハルがそう言うなら……。意識してくれること自体は嬉しいし……」

黒羽はかぁっと頬を赤く染めた。

そんな反応をされてはこっちまで恥ずかしくなってしまう。

「い、意識されただけで嬉しいとか、お前俺のこと好きすぎだろ……」

「そ、それのどこが悪いのよ……。ハルだって真っ赤になっちゃって、あたしに堕ちる寸前って丸わかりなんだからね……」

「ぜ、全然堕ちてねーよ！　…………まだ」

「早く堕ちちゃえばいいのに……」

互いの気持ちが筒抜けって怖い……。際限なく恥ずかしくなっていく……。

甘すぎる空気に耐えられなくなり、俺たちはまた明日と告げて別れた。

＊

通学路から外れたファミレス。

俺が店内に入っても白草は気がつかず、小説家らしく文学書を読みふけっていた。

周囲を見れば男性客や店員が白草をチラチラ見ているのがわかる。俺は思わず鼻高々になってしまったが、自分は何も凄くないと反省し、そっと声をかけた。

「お待たせ、シロ」

「スーちゃん……！」

白草はぱぁっと華やかに笑って目を輝かせた。ご主人様に声をかけられた忠犬のようで、俺まで嬉しくなってしまう。

俺はとりあえずタブレットでドリンクバーを頼み、手早くコーラを取ってきた。

「ごめんな、シロ。待たせちゃって」

「ううん、気にしないで。たまたま被っちゃっただけだし、スーちゃんが悪いわけじゃないわ」

「ありがとな。そんな風に言ってくれると助かる」

「それで、勉強の話なんだけどね」

「ああ、うん」

「私、スーちゃんの勉強を手伝いたいなって思って……」

「ホントか！　シロは成績いいし、ありがたいなぁ！」

何よりも俺を助けたいと思ってくれるその気持ちが嬉しい。

「よければ二人で毎日勉強会をやらない？　私、スーちゃんの家に行くわよ？」

「あっ、それは――」

白草と俺の部屋で毎日二人きりで勉強……それは告白祭前、妄想したことがあるシチュエーションだった。

初恋ゆえに盛り上がってしまった数々の憧れが、今、現実になるところに来ている。

そう思うと急に緊張してきて、喉が渇いた。

俺はコーラをグラスの半分くらい飲み干し、気持ちを落ち着けた。

「ダメ？　苦手なところとか、教えるわよ？　それに――」

白草は白い肌をほんのり赤くし、目を伏せた。

「掃除をしてあげたり、お風呂を沸かしたり、食事を作ったり……そういうこともしてあげられるかな、って……」

何だって……？

それって、この前俺が骨折したときと同じような、至れり尽くせりを白草がしてくれるってことだ。

しかも大事なのは、今回は二人きりと言っていたので、お目付け役の紫苑ちゃんがいないだろうということだ。

つまり――

『スーちゃん、私が背中を流すわよ？』

『し、シロ⁉　お、お風呂に入ってくるのはマズいって⁉』

『タオルを巻いているから大丈夫よ』

『それ、十分にマズいと思うんだが！』

『ほらほら、スーちゃん。背中を向けて。洗ってあげるから』

『ま、まあここまで来ちゃったんだし……そうだな……それならお願いしようかな……』

『ごしごし……どう、スーちゃん？　気持ちいい？』

『ああ！　ちょうどいい力加減だ！』

『よかった！　じゃあ今度は前も――あっ！』

『危ない！　……よかった。転ぶなんてドジだな、シロは。怪我はないか？』

『ええ、大丈夫よ。でもスーちゃん……私たち、抱き合っちゃってる……』

『そ、それは助けるためだったから、しょうがないわけで……』

『そうね、しょうがないわよね……』

『だ、ダメだ、シロ⁉　顔を近づけちゃ⁉』

『ちょっと手が滑っちゃっただけよ……。全部手が悪いの……』

『そっか、それならしょうがないな……』

俺はキリリと表情を引き締めた。

「という可能性もあるわけか！」

「どんな可能性もありませんよ！　この最低男！」

背後の席からの声。

どこかで聞いたことあるな――と思っている間に声の主は俺の前までやってきて、仁王立ちした。

「何を想像したかはわかりませんが、シロちゃんを汚したことだけはこの天才的頭脳で察知しました！　万死に値します！　即刻切腹してください！」

やれやれ、俺は呆れた。

紫苑ちゃんって、いつもいきなり出てくるから驚くんだよな。

まあクソ雑魚ナメクジなのはすでにお見通しだから、適当にあしらってやろう。

そう思い、俺は余裕の笑みを浮かべつつ言った。

「何で紫苑ちゃんがこんなところにいるんだ？」

紫苑ちゃんは形の良い胸を張った。

「ふふんっ、やはり理解できませんでしたか。天才の行動は凡人に理解されないもの……しまったな、またわたし天才すぎる行動をしてしまったな。じゃあ説明しますから、猿並みの知能で理解が追い付かないと思いますが、頑張ってついてきてくださいね？」

「誰が猿並みの知能だコラ」

俺は紫苑ちゃんのあごに沿って頬を摑んだ。変則的なアイアンクローと言えるだろう。

これの特徴としては、頬をへこまされるため、変顔になるということだ。

「ま、丸ざん、ギブギブ！」

年頃の女の子とは思えぬ顔をして、紫苑ちゃんがタップする。

「反省したか？　もうバカにしないか？」

「しまぜん！」

「しょうがないな……」

俺が手を離すと、にや～と紫苑ちゃんは笑った。

「騙されましたね！　これだから丸さんはチョロいんですよね！」

やっぱりまったく反省してない……。

とはいえ、もう対抗策はわかっている。

俺はスッと目を白草に向けた。

ため息をつきつつ成り行きを見守っていた白草は、紫苑ちゃんの首根っこを掴んで目を細めた。

「シオン、スーちゃんに迷惑をかけたら許さないって言ったわよね……？」

「…………」

紫苑ちゃんは猛烈な汗をかき、視線を泳がせた。

そんな紫苑ちゃんの頭を両手でがっしりと挟み、白草は無理やり自分のほうに向けさせた。

「言ったわよね？」

「……ごめんなさい」

紫苑ちゃんはベンチシートタイプのソファーの上に正座し、縮こまった。

「今度やったら本当に許さないわよ？」

「はい、すいません」

「もしやったらしばらく口を利かないんだから」

「そ、それは……っ！」

「いい？　わかった？」

「……はい」

「じゃあスーちゃんにごめんなさいは？」

紫苑ちゃんがキッとにらみつけてくる。

うん、やっぱり反省するタイプじゃないよな、この子。

「はいはい、ごめんなさい！」

「しょうがないから許してやるか～」

俺の言い方が気に食わなかったらしく、紫苑ちゃんは『ぐぬぬ』の表情だ。

実に楽しい。紫苑ちゃんにはマウントを取るに限るな。その顔が見たくてわざわざあおるように言っただけのことはある。

（……ふう）

紫苑ちゃんの突然の乱入が落ち着くと、俺は冷静さを取り戻していた。

白草は俺の初恋の相手。昔耽っていた妄想が多数あるわけで、魅力的なことを言われ、ついつい妄想に火がついてしまった。

だが落ち着いて現実を考えれば、不可能だった。

「ありがとな、シロ。勉強だけじゃなく、家事までするって言ってくれて」

「そ、それは……スーちゃんにはいい成績を取って欲しいだけで……」

もじもじと言う白草はとても綺麗だ。横で紫苑ちゃんが歯ぎしりしていなければ見惚れていたところだった。

「でも——今回は自分だけでやろうと思うんだ。ごめんな」

「えっ……？　どうして……？」

白草だけでなく、紫苑ちゃんまで目を見開いて驚いている。

「気持ちは本当に嬉しいし、甘えちゃいたいとも思うんだけど——」

「な、ならいいじゃない？」

俺は首を左右に振った。

「いや。実は今回、いつも勉強を教えてもらっているクロの誘いも断ったんだ」

「えっ⁉」

「まあ少し事情はあるんだけど、俺、自分を見つめ直そうとしていて。クロの誘いを断っている以上、シロの誘いも断らなきゃ公正じゃないかなって思ってる」

黒羽を断ったのなら白草も。真理愛から提案はされていないが、同じことを言われたら同様の回答をするつもりだ。

三人に対して中途半端な気持ちである以上、公正な対応を心掛けたい、と俺は思っていた。

「そそ、それって、スーちゃんの家で二人きりがダメってこと？」

「特別な決まりはないけど、まあ、そうかな」

「見上げた心掛けじゃないですか。丸さんを初めて褒めたくなりましたよ」

「うわー、紫苑ちゃんに褒められてもびっくりするほど嬉しくねー」

「せっかく褒めたんで喜んでくださいよ!?」

「いやだって、俺が喜んだらムカついたとか言って攻撃してくるだろ？」

「当たり前じゃないですか！」

「何　が　当　た　り　前　だ　？」

俺は紫苑ちゃんにアイアンクローをかました。

「ギブギブ！」

紫苑ちゃんがタップして降伏したのでやむなく手を離してやると、何やら考え込んでいた白草が声を上げた。

「じゃ、じゃあ電話！　一緒にいるのはダメでも、電話は大丈夫でしょ？」

「あ〜、まあ、それは確かに……」

それは想定してなかった。

確かに二人きりで会うわけじゃないから、節度は保たれる。

「でも話してたら勉強が……」

「そうじゃないわ、スーちゃん。通話状態にしておいて、お互い勉強するの」

「なるほど、その発想はなかったな」

俺はポンと手を叩いた。

「つまり通話にしておくことで、互いに監視するのか」

「そう。一人でやるより、ずっと緊張感が保てるでしょ？」

やったことはなかったが、そういう勉強法もあるって聞いたことがある。

これのいいところは、やはりサボりにくいことだろう。ついつい漫画やゲームに手を出したり、訳もなく掃除を始めてしまったり——というのは珍しいことじゃない。通話しながらなら、こういう行動が筒抜けとなってしまうってことだ。

しかも今回、相手は白草。初恋の子なこともあって、あんまり格好悪いところは見せたくない。奮起するための環境づくりとしては、百点満点じゃないだろうか。

「そりゃありがたいな！　ぜひやらせてくれ！」

「じゃあ今日はちょっと用事があるから……明日夜九時から。それでいいかしら？」

「ああ！」

「それと、これは他の人には秘密ね」

「どうして？」

「だってこれ、志田さんや桃坂さんが聞いたら、きっと私もって言うでしょ？」

「うっ……」

言う。絶対に。

「そうなったら最後、順番に通話するか三人同時のリモート会話になるか……どちらにせよ、逆に勉強に集中できなくなってしまうと思うの」

「……そうだな」

その光景が目に浮かぶようだ。

「スーちゃんが隠し事をせず、公平さを大切にするところ、とてもいいところだと思うわ。でも今回発案したのは私。だから、この通話は他の人には秘密にして、私とだけするべきだと思うの。違うかしら？」

「うん、そうだな」

俺は頷いた。

「勉強がはかどる凄くいい案だと思うし、みんなに言ったら元も子もなくなっちまう。シロの言う通り、これは秘密にしておこう」

「スーちゃん……」

そんなところへそろりと紫苑ちゃんが手を挙げた。

「シロちゃん、わたしも一緒に通話を――」

「いいわよ」

白草は今まで見たことがないほどにっこりと笑った。

「ただし、シオン。邪魔をしたら命がないけど……その覚悟ある……？」

気温が二度ほど下がった気がした。

白草は笑顔のままだ。しかし、ドSな目つきで『絶滅させるわ』って言ってるときの三倍くらい怖い。一分の曲解も許さない、物凄いマジの警告だ。

紫苑ちゃんは震え上がり、

「いえ、ないです……」

とうつむいて答えるのが精いっぱいのようだった。

＊

真理愛が待っていたのは、イングリッシュガーデン風の喫茶店だった。

初めて入るが、しゃれていて高校生の俺からすると場違い感が凄い。

だが真理愛は有名人。穂積野高校の生徒たちは見慣れてきたとはいえ、顔を隠さず歩いていたら十分騒ぎになってしまう。そんな真理愛にとって、個室があるこの店はうってつけだったのだろう。

真理愛は店の隅にある個室でのんびりとコーラフロートを堪能していた。

「よ、モモ。待たせたな」

「あっ……いえ、大丈夫です、末晴お兄ちゃん……」

ん……？　真理愛の反応が今までとちょっと違う気が……。

いつもの真理愛なら『もうっ、末晴お兄ちゃん！　モモ、たくさん待っちゃいました！』とか言いつつ抱きついてくるところだ。

なのに今はスプーンを置き、うつむいてしまっている。

「どうしたんだ……？」

「あ、それじゃ店員さん呼びますね！」

真理愛は俺と目を合わせず、サッと廊下に身を乗り出して店員を呼んだ。

……なんだかやっぱりらしくない。

店員が入ってきて俺に尋ねた。

「ご注文は？」

「コーラ――は、さっき飲んだな。……それじゃオレンジジュースで」

「醤油はおつけしなくていいですか？」

「えっ？」

「えっ？」

とんでもない発言が聞こえた気がするが、気のせいだろうか……。

ひとまず言い直そうか。

「オレンジジュースを一つください」

「あ、はい、わかりました」

大学生らしき男子店員は事務的に頷くと、そそくさと個室を出て行った。

「何だったんだろう、今の……」

「あ、末晴お兄ちゃん、来てくれてありがとうございます」

そう言って、真理愛は頭を下げた。

でも俺はそんな他人行儀が気に食わなかった。

「モモさ、どうしたんだよ」

「何がですか?」

「おとなしいというか、らしくないというか。いつもみたいに元気なお前じゃないと、俺のほうもやりにくいというかさ……」

しおらしくて、たおやかで。

今の真理愛は世間知らずのお嬢様みたいだ。

そりゃ元々真理愛は可愛く、品が良くて、所作も美しい。でも普段は余裕たっぷりなので、どこか計算して見える。世間知らずとは対極に位置していると言えるだろう。

そんな真理愛が今、俺の様子をうかがっては目を伏せ、何か言おうとしてはやめ、迷ったあげく赤面して黙るという見たこともない仕草をしている。

正直、新鮮な可愛さだった。俺もこの前のことをきっかけに真理愛を意識し始めてしまっているため、この新鮮な刺激でまた心がくすぐられてしまう。

「た、体調が悪いんじゃないんだよな？」

「え、ええ！　大丈夫です！　この前の演劇の疲れは取れました！　心配かけてしまってすみません！」

真理愛は胸を叩いて元気さをアピールした。

でもやっぱり顔は赤く、恥じらいがそこはかとなく感じられる。

このままでは互いに恥ずかしくなって黙り込んでしまいかねない——そう思ったので、俺は空元気を出して言った。

「それでお前からもらったメッセージに『成績が心配で相談がある』って書いてあったが、具体的にはどんなことなんだ？」

真理愛も本題を思い出したらしい。

少し落ち着き、表情は真剣なものになった。

「末晴お兄ちゃんも知っての通り、編入してきたモモは学力的になかなか大変でして……。なので、できれば末晴お兄ちゃんと一緒に勉強できればなぁ～、なんて思いまして……」

最後のほう、真理愛は随分照れくさそうに言っていた。そのせいで俺も照れくさくなってしまう。

でも別に変なことは言っていない。態度はらしくないが、『勉強を頑張るために協力して欲しい』というのは、学生として前向きな発言だ。先輩としては協力せざるを得ないと言えるだろう。

「わかった、モモ。協力するぜ」

「末晴お兄ちゃん……っ！　ありがとうございます！　じゃあさっそく明日から末晴お兄ちゃんの家に行きますね！」

「ん……？」

あれ、何だかこれって覚えがあるような――

「掃除も料理も任せてください！　何ならお風呂も……一緒に入ります？」

「またこのパターンかよぉぉぉぉ！」

俺は頭を抱えた。

真理愛が小動物っぽい大きな目をパチクリさせる。

俺は目を閉じ、深呼吸をしてから説明した。

説明を聞き終えた真理愛は、口を膨らませて言った。

「……なるほど。公正を期するために家に誰も招かない、と」

「ああ。ごめんな。気持ちはありがたいんだ」

「残念ですぅ。ぷーぅ」

とりあえず納得してくれたようで俺は安堵した。

ただ真理愛は俺を頼りに転校してきた後輩。じゃあ自分だけで頑張れよと言うのはさすがに冷たすぎる。

　ということで、代案を用意していた。

「その代わりと言っちゃなんだが、放課後部室に集まって勉強会しないか？」

「！」

真理愛は目を輝かせた。まるで目に星をちりばめているのではないかと思うほどの輝きだ。

「素晴らしいアイデアです！　ぜひやりましょう！　憧れていたんですよ！　勉強会！」

「おお、よかった！」

「勉強をする先輩と後輩。近づく距離。触れ合う手。いつしか教科書に集中できず、気になるのは相手の呼吸ばかり……。そしてつい合ってしまった目を合図として、二人の影は重なっていく——そういうことですね、末晴お兄ちゃん！」

「勉強しなきゃダメだろぉぉぉぉ⁉」

まさか俺がこのセリフを使うときが来るとは……。真理愛のやつ、恐ろしい子……。

俺はため息をつき、話を進めた。

「勉強会にはクロとシロ……あとレナにも声をかけるか」

「えー、二人きりでいいんですが」

「緊張して効率落ちるだろうが」

「！」

しまった、ついポロっと本音を言ってしまった。

そしてそれを聞き逃す真理愛じゃなかった。

「あらら～、末晴お兄ちゃん、モモと二人きりだと意識しすぎて興奮を抑えきれず、緊張しちゃうんですね～。うふふ、可愛いでちゅね～」

真理愛は身を乗り出し、ニヤニヤしながら俺の頭をなでてきた。

節度を保つため、俺はやんわりとはねのけた。

「おい、そこまでは言ってないが」

「いえいえ～。みなまで言わなくてもわかっていますよ～」

「じゃあお前はどうなんだよ」

「うっ……そ、それは……それこそみなまで言わせないで欲しいというか……」

真理愛は座り直すと、指をもじもじといじりだした。

あかーんっ！　らしくないが、それが滅茶苦茶可愛いじゃねぇかぁぁ！

俺は咳払いをして、懸命に理性を取り戻した。

「正直なことを言うとな、俺の学力でモモの世話ばっかりしていていいのかって問題があるんだ。群青同盟内では、俺とモモの学力がヤバいんだし」

ぐうの音も出ないド正論に、真理愛は鼻白んだ。

「ま、まあ確かに、それはその通りです……」

「当然俺の学力でモモをしっかり教えられるのかって問題もある。だからまあクロ、シロ、レナ辺りに声をかけるのはしょうがないだろ」

「……わかりました」

肩を落とす真理愛だったが、納得してくれたようだ。

「でも、勉強会かぁ……やるの、初めてです。正直、マンガの中の出来事だと思っていました。末晴お兄ちゃんと二人きりじゃないのは残念ですけど、それでも楽しみです。凄く学生らしくて、いいですね」

勉強会は思いつきだったが、想像以上に喜んでくれている。

先輩らしいことができて、俺は満足感を覚えた……のだが――

――翌日、勉強会。

「ハル、ここの解答なんだけど――」

「志田さん、ちょっと近すぎじゃないかしら？」

「あたし、いつもこんなものだよ？　可知さんはハルと心の距離が開いているから遠いんじゃないの？」

「なっ――それなら私も近くに行くわ！」

「あ、それならモモも！」

「ももちー、勉強中っす！」

「ううっ、両側からそんなに来られたら、集中力が――ふぃぁっ！　ちょ、クロ！」

「何？」

「あ、あの、この状況下で手を握ってくるのは――何でもない」

「そう？　ならいいけど」

「また志田さんが良からぬことをしている気配が――」

「ですね。モモも気配だけは感じているのですが――」

「ううっ、いくら手を握り返すって言っても、こんな人が見ているところじゃ……」

「やっぱり志田さんが怪しいわ！」

「おとなしくしてください、黒羽さん！」

「何のこと？　おとなしくさせるって、やれるものならやってみたら？」

「「ぐぬぬぬっ！」」

「はぁ、勉強やるんじゃなかったっスか……」

――という感じになり、勉強会は一回で終了することになったのだった。

＊

給食が終わり、昼休みが始まる。

朱音は席を立つと、廊下へ出て三年の教室に向かった。

「少し話がある。いい？」

そう朱音は間島に話しかけた。

クラスにざわめきが起こる。誰もが信じがたいものを見ている、といった感じだ。

「え、あれって有名な……」

「一年の志田朱音ちゃんだよ。滅茶苦茶頭がいいんだよね」

「うわっ、可愛い。やっぱり黒羽先輩や碧ちゃんにちょっと似てるよね」

「あの子、孤高って聞いてたんだけど、何で間島に……？」

なぜ騒ぐのか朱音には理解ができなかった。

だから無視をし、三十センチ以上背が高い間島を見上げた。

「ダメ？」

「大丈夫だ！」

顔を輝かせた間島はリーゼントを整え、力強く頷いた。

いい場所が思いつかなかった朱音は、告白されたときと同じ校舎裏へと移動した。

「つーかよ……てめぇら、ついてくんじゃねぇよ！　ぶっ殺すぞ！」

間島が背後を振り向き、威嚇する。

校舎の角から見ていた生徒たちは驚き、尻尾を巻いて逃げて行った。

「ちっ、野次馬がっ！　なんであんなに他人に興味があるんだ？　わかんねーなぁ！」

「その点は同感」

「おっ、さすが朱音ちゃん！　わかってくれるか！」

「でも――ごめんなさい」

さっさと終わらせたかった朱音はきっぱり告げた。

「告白の回答、保留にしていたけど――ごめんなさい」

「……へ？」

「ワタシ、気になる人がいて、その人に恋愛相談したくて保留にしてた。でもそれは失礼な行動だって怒られてしまった。だからごめんなさい」

朱音は深々と頭を下げた。

「ぐぶはぁっ⁉」

間島が衝撃のあまり膝をつく。

想像以上の反応に朱音は驚いた。

「あれ？　正直に言ったつもりなんだけど、ダメだった……？」

間島が頭を抱えている。

静かになると、周囲からひそひそ話が聞こえてきた。

『あぁ、やっぱりおかしいと思ったんだよなぁ……』

『朱音ちゃんらしいというか……』

『間島ピエロすぎる……』

『それは調子に乗るあいつが悪いだろ』

『間島のやつ、以前俺のこと殴ってきたんだよなぁ。ざまぁみろだ』

『それより注目は朱音ちゃんに気になる人がいるってほうだろ⁉』

『誰だ⁉　朱音ちゃんの気になるやつって⁉　会話から察するに、年上か⁉』

朱音が周囲を見回すと、先ほど間島が威嚇して人払いしたのとは別のところ――植え込みの向こう側や体育館の角に生徒たちがいた。

「てめぇら！　好き勝手言いやがって！」

「やべっ⁉」

ブチ切れた間島がこっそり見ていた生徒たちに襲いかかる。

朱音はどうしていいかわからず、呆然と立ち尽くしていた。

「あかねちゃん⁉」

そんなところへ蒼依がやってきた。

「どうしたの、あおい？」

「それはこっちの話だよ。あかねちゃんが間島先輩と二人で校舎裏に行ったって聞いて……」

「うん、今、告白を断ったところ」

「やっぱり……」

「コソコソ隠れてんじゃねぇよ！」

間島の怒声に蒼依が怯え、朱音の腕にすがりつく。

「だ、大丈夫だった？」

「大丈夫だけど……もう行っていいのかな？　一応ちゃんと断ったつもりだけど、あの人、喧嘩しに行っちゃったから」

「それは——」

「おいコラ！　間島！　またお前か！」

先生の声がする。

蒼依がさらにギュッと制服を握ってきたのを見て、何だか凄く厄介な事態になりそうだと朱音は思った。

＊

夜になると、骨身に染みるような寒さが押し寄せてくる。

俺はいつものように志田家の夕食にお呼ばれしていた。

「「「「「「いただきます」」」」」」

メンバーは黒羽を筆頭とした志田四姉妹の四人、銀子さん、俺の六人だ。道鐘さんは今日も大学にこもっているらしい。

銀子さんの絶品料理に舌鼓を打っていると、黒羽がため息をついた。

「ん、どうしたんだい、黒羽？」

母親らしく銀子さんはそのため息を見逃さなかった。

「あ、ううん、何でもないの、お母さん。ちょっと疲れただけ」

「まあ勉強会、滅茶苦茶になっちゃったもんなぁ」

俺は数時間前のことを思い出した。

黒羽、白草、真理愛の三つ巴の喧嘩が始まってしまい、勉強会どころではなくなってしまったのだ。

「スエハルが勉強会〜？　なんだそりゃ、珍しいな」

碧がからかうように言った。

「ああ、部室でやったんだが、全然できなかった……」

「何で勉強会でそんなことになるんだよ……って、あ～、そっか！　白草さんとあの性悪女も一緒だったのか！」

俺が説明しづらいなと思っていたことを、碧は察したらしかった。

「お前ってホントシロが好きでモモが嫌いだよな」

「だって白草さんは美人だし、大人っぽいし、クールだし、憧れるじゃん？　あの性悪女はすぐアタシを利用しようとするから許せねぇ」

「お前とモモって、案外仲良くなれる気がするんだがなぁ」

「いーや、あいつはアタシと簡単に仲良くするタマじゃないね！　喧嘩して互いを認めて握手しようってときでさえ、罠を仕掛けようとしてくるタイプだ！」

……まあ、確かに。真理愛がそういうタイプなことを否定はできない。

だがしかし、会話したことは多くないのにそこまで理解していること自体、そんなに相性が悪くない証拠のように思えてならないんだよなぁ。

「ハルにぃと勉強会……いいな」

朱音がポツリと言った。

「アカネの場合、今現在でも数学は俺より上っぽいのが恐ろしいよな」

「ならワタシ、ハルにぃに数学教えようか？」

「あー、いやー、やめておくわ」

俺は頬を掻いた。

「何で？」

「アカネに数学を教わり始めたら、さすがの俺でもプライドが粉々になって立ち直れない気がする……」

中学一年生の女の子に教わる高校二年生……。

朱音の優秀さはよく知っているつもりだが、さすがにこの構図はきつい。それくらいなら自分で頑張ろうと思った。

「…………そう」

思った以上に朱音が寂しそうにしている。

何かフォローを入れたほうがいいかなと悩んでいると、世間話のノリで銀子さんが言った。

「そういや朱音、先生から連絡があったよ。今後気をつけな」

「気をつけるって……別にワタシ悪いことしてない」

先生から連絡？　不穏な気配がする言葉だ。

俺がブリ大根を味わいつつ耳を澄ましていると、黒羽が言った。

「それって、この前朱音が言ってた告白を保留した件に関係してるの？」

ああ、その話、やっぱり黒羽も知っていたか。俺が知ってて黒羽が知らないなんてないよな。

碧が話に割って入った。

「アタシ、その場にいなかったから噂を聞いただけなんだけど、どうなってんだ？　アカネがマジマを振ったんだろ？　んでどうなったんだ？」

「そこは途中から現場にいたわたしが」

そろりと蒼依が手を挙げた。

「わたしが現場に着いたのはあかねちゃんが告白を断った後だったんですけど、その断る場面を多くの人が隠れて聞いていたみたいで。それで、間島先輩が怒っちゃって」

「あー、喧嘩沙汰になっちまったってわけか」

俺がそう言うと、蒼依は苦笑いをした。

「え、それってアカネに悪いところなくね？」

「ハルにぃ……」

朱音が目を潤ませて俺を見つめてくる。

うっと小さくつぶやき、蒼依は胃を押さえた。

「そのくらいあたいだってわかってる。でももう少しやりようはあったってことさ」

「えー、銀子さん、でもやりようって言ってもさ」

「朱音はその先輩の告白を断るために、堂々と教室に行って声をかけたんだって。そんなの場所を変えたって、どうにかしてみんな聞こうとするに決まってるだろう？」

「うっ、それは確かに」

朱音は中一。聞いたところ相手の男は中三。

中一の女の子が中三の男の教室に行って、堂々と呼び出し……そりゃ目立っただろうな……。

「あたいの見立てでは、黒羽、蒼依。あんたたち、朱音よりたくさん告白されてるね？」

「ええっ⁉　そ、それは……⁉」

蒼依は真っ赤になった。ごまかそうとしたようだが、銀子さんの言ったことは事実だったのだろう。

「そんなたいしたことでは……」

とだけつぶやいて押し黙ってしまった。

一方黒羽はクールだ。『どうかな？』みたいな空気を出しつつ、淡々とブリ大根にメイプルシロップをかけるという暴挙を行っている。

「碧だって朱音と同程度の告白をされてるんじゃや？」

「か、母さん、どうしてそれを⁉」

「母親を甘く見るんじゃないよ」

動揺する碧に、俺は優しく声をかけた。

「そうか、大変だな、碧。それだけ女の子に告白されるんじゃ、もうそろそろ女同士で付き合ったほうがいいかなって思い始めてるんじゃないか？」

「このバカスエハルがぁぁぁ！　告白してくるのはほとんど男だぁぁぁ！」

碧が俺の胸倉をつかんできた。

ほとんど、と言ってしまうところが正直者だな。そういうところ、お前のいいところだと思うぞ。

「はい、二人とも座る！」

銀子さんに怒られ、俺たちは渋々席に座り直した。

「つまり、黒羽たちが同じような問題を起こしていない以上、朱音の対応に改善点はあるってこと。もちろんあたいだって朱音が悪いわけじゃないし、悪意もないってわかってる。だから軽い注意にとどめたってわけ。やり方がわからなければ黒羽に聞くといいよ。あたいより断り方うまそうだし？」

「もーっ、お母さん。そういう振りはやめてよね。コツなんてないけど、誠実に、なるべくはっきりと、可能性はないと告げることが大事なだけよ。碧もそう思わない？」

「アタシに振るなよ、クロ姉ぇ！」

「ふぅん、まあいいけど。とにかく相手に気のあるフリだけはやめたほうがいいと思うかな。朱音、わかった？」

「うん、これから気をつける」

さすがに大好きな姉の言葉は効いたのだろう。

朱音(あかね)は真剣な表情で頷(うなず)いた。

＊

俺は早めに志田(しだ)家から帰宅し、試験範囲の再確認をしていた。

今日の夜九時、白草(しろくさ)から一緒に勉強をするための電話が来ることになっている。

その前に軽く勉強会で進まなかった分を取り戻そうと思ったのだった。

だが――

「ダメだ、わからん！」

ヤバいということがわかった。一応の前進な気がするが、まったく進んでないような気もする。

さらに問題は――

「う～～っ！　勉強、やりたくねぇ～！」

絶望的に集中力が続かないことだった。

やらなきゃいけないことはわかっているのに、面白くなさすぎてすぐに脳が拒否してしまう。

何か、いい方法はないものか……そんなことを考えていたときのことだった。

――ピリリリリッ！

「来た……っ！」

時刻は九時ジャスト。さすが白草（しろくさ）、一分のズレもない。

いくら仲良くなったとはいえ、意識している女の子と電話をするなんて憧れの一つだった。

黒羽（くろは）や真理愛（まりあ）とは数えきれないほど電話をしているせいか、今一つときめきがない。

だがしかし、白草（しろくさ）は違う。

それだけに緊張し、慌てて携帯を摑（つか）んだ瞬間、汗で滑ってしまった。

「おおっと⁉」

落としそうになったあげく、空中でアクロバティックなキャッチをして、俺は五回目のコールで電話を取ることができた。

「も、もしもし！」

「こんばんは、スーちゃん。勉強の準備はできてる？」

「もちろん！　バッチリだ！」

まあできているのは準備だけで、勉強がはかどってはいなかったのは言わないでおこう。

「ご飯は食べた？」

「ああ、クロの家にお呼ばれしていたから」

「志田さんの家に……」

段々と白草の声がしぼんでいっている……。

こういう反応があると、やっぱり俺のこと、意識してくれているのかな……？　なんて思ってしまう。

しかし、これ以上考えるのはやめることにした。

変に自意識過剰になるのは嫌だし、もし本当に俺のことを意識してくれていても、俺は今、迷ってしまっている。真実を知っても何も進まない。

だから俺は話題を変えることにした。

「でもさ、シロと電話をする約束しててよかった」

「え？」

「実は一人で勉強に取り組んでたんだけど、すぐに集中力が切れちゃってさ……」

「!?　そ、そうよね！　私のアイデア、よかったわよね！」

いきなり白草の元気が復活した。

ひとまず機嫌がよくなったのはいいことなので、流れに乗っておくことにした。

「ああ、ナイスアイデアだった！　とりあえず今日一緒に勉強してみて、うまいこと集中できれば、またやれると嬉しいんだけど……」

「⁉　そうね！　さぁ、勉強を始めましょう、スーちゃん！」

おおう、やる気満々だな……。

これは色っぽい雰囲気にならなそうだ。女の子と夜に電話をしているなんて、ついつい浮かれちゃいそうになるが、気をつけよう。

白草（しろくさ）は真面目だし、不埒（ふらち）な考えをしていたら——

『私えちぃ人、嫌いなの』

と言われて嫌われかねない。せっかくいい関係を築けてきているのだから、誠実に対応しなければ。

「じゃあ参考書取ってくる」

「準備ができたら、今日勉強する範囲と目標を互いに言いましょ。そうしたほうがサボれないと思うの」

「そうだな。そうしよう」

こうして俺たちの通話しながらの勉強は始まった。

——二時間後。

「少し休憩しましょうか」

白草の言葉で俺は我に返り、時計を見上げた。

「すげぇ、めっちゃはかどった……」

「スーちゃん、凄いわ。目標の倍は進んだじゃない」

通話にしているから、ちょっとした息遣いや参考書をめくる音などが聞こえてくる。

これ、参考書に向き合っていると、人が間近にいるように感じられて、いい感じに集中できた。

もちろん白草に格好悪いところを見せたくないって感情も働いている。目標を伝えているし、進捗度は筒抜けだ。だからこそ手を抜けなかった。

そりゃ嘘をつけばいくらでも進んだことにできる。だがいくら俺が怠け者だといっても、そこまで恥知らずじゃない。少なくとも今、このときを頑張らなきゃ。

そう思った結果が——目標の倍という成果だった。

「正答率もぐんぐん上がっているわ。この調子でやっていけば絶対成績上がるわよ」

「ありがとな。シロが付き合ってくれたおかげだ」

「ふふっ、どういたしまして」

ちゃんとできたら白草が褒めてくれるのも嬉しい。頑張った自分への最高のご褒美と言ってもいいだろう。

気になる女の子が見守り、応援してくれるのなら無限に力が出る気がする。

我ながらバカみたいに単純だ。

「そういえば今日、志田さんの家にご飯を食べに行ったって言ってたわね。どんな話をしているの？」

白草が話題を振ってきた。

さすがに二時間も頑張った後だし、ちょっとした休憩ついでの雑談は必要だろう。

そう思い、俺は用意しておいた栄養ドリンクを飲みつつ言った。

「今日はちょっとアカネ絡みでトラブルがあってさ――」

朱音の一件を話し終えると、携帯の向こう側からカップを置く音がした。

「中学生って難しいわよね。大人びた子は大人顔負けだし、逆に幼い子はまだ小学生みたいだし。私は正直苦手だわ」

「そうなんだよなぁ。アカネは学力とか冷静さは大人顔負けなんだが、なぜか時折一般常識が抜けているようなところがあってな。結構心配なんだよ」

そう言って、俺は夜食用のクッキーをかじった。

「確かに、沖縄旅行ではあまり話す機会はなかったけれど、そういう雰囲気はあったわね」

「アカネには幸せになって欲しいが、彼氏とかはまだ早い気がするんだよなぁ……」

「ふふっ」

携帯から漏れ出した柔らかな笑い声に、鼓動が速くなってしまう。

黒羽や真理愛といるときとは違って、白草は二人きりだと基本穏やかで優しい。ささやかな笑い声が信頼されているんだなと感じられ、心をくすぐられる。

白草は黒羽のように隣に住んでいるわけでもなく、真理愛のように積極的に距離を詰めてこない。だから二人と比べて二人きりになる機会は少ないが、それだけに二人で話すときの新鮮さや意識してしまう回数は随一と言えた。

「スーちゃん、お父さんみたい」

「ひどいな！　そんな老けてねぇって！」

「でも、だって——ふふっ」

お父さんっぽいという発言は断固として否定したいところなのだが、白草の『ふふっ』には神々しさみたいなものが感じられるため、俺は粘ることができず受け入れた。

「まあ、言っていることはわかるぜ。俺の周りにいる年下の女の子はさ、しっかり者やうるさいやつが多いんだけどさ」

「碧ちゃんとは喧嘩ばかりしていたものね」

「あいつは弟枠だからまた別」

「時々碧ちゃんから進路や勉強について相談を受けているのだけれど、碧ちゃんもそんなようなこと言ってたわね」

くすくす、と白草は笑った。

「シロ、ミドリとやり取りしてたのか」

「本当に時々よ。でもあの子、共通の話題が少ないからなのだろうけど、会話が止まるとすぐにスーちゃんの話題出してきて。しかもそれが喧嘩の話ばっかり。仲がいいのね」

「そんなんじゃないって。俺はいつも喧嘩を売られて困ってるほう」

「碧ちゃんも同じことを言っていたわ」

そう言ってまた白草は品よく笑った。

「まあミドリは置いとくとしてさ。モモとアオイちゃんは俺よりしっかりしてるから、俺から言えることってあまりないんだ。レナはうるさい系だけど、ちゃっかりしてるからあんまり偉そうにできない。でもさ、アカネはデコボコなんだよ」

「凄い部分は桁外れに凄いけれど、穴も大きいということ？」

「ああ。だからついつい柄にもなく口を挟みたくなっちゃうし、素直に頷いてくれるからかまってやりたくなるんだ」

「やっぱりお父さんみたい」

「せめて兄貴っぽいって言ってくれよ？」

「確かに不思議ね。碧ちゃんや蒼依ちゃん相手のとき、スーちゃんはお兄さんっぽいって思うのだけれど……。自分が守ってあげなきゃ、って思ってることが伝わってくるからかしら？」

「まあそう思ってることは否定しないが……」

「手がかかる子ほど可愛いものね、お父さん？」

「か、からかうなよ、シロ」

「ごめんなさい、お兄さんのほうがよかったのよね。ふふふっ」

こうした心地よい何気ないやり取りが、俺の白草への意識を強くする。

俺の急所を突いてくるような黒羽のボディタッチはドキドキするし、真理愛の言わずともぐんぐん進むようなパートナー感はとても楽しい。

そういう意味では二人に比べて白草は一番他人感が強いのだが、だからこそ距離が縮まっていっている感覚が新鮮だ。そもそも初恋の子で、小説家にしてグラビアもこなす高嶺の花という雲の上の存在だったから、慣れ親しんだ黒羽や真理愛より会話することの特別感が凄い。

「あ、そろそろ時間ね。勉強を再開しましょ」

「そうだな」

俺は頬を叩き、気合いを入れ直した。

白草との会話は、あまり色っぽくない。でもそれだけにホッとするというか、信頼関係を積み重ねているというか、俺とシローとの間で断絶していた六年間を、少しずつ埋めている感覚がする。

今、黒羽、白草、真理愛を意識してしまい、罪悪感に襲われている俺にとって、白草のこういう生真面目で一線を置くところは、とても接しやすく感じていた。

いつしか時刻は零時を回っていた。

明日は休みだからまだ勉強してもいいのだが、さすがに一日の疲れが出て眠くなってきた。

「そろそろやめにするか」

「そうね。それでスーちゃん……明日からもこれ、続ける？」

おずおずと白草が尋ねてきた。

「わ、私としてもかなりはかどったし？　スーちゃんの力になれるのは嬉しいし？　スーちゃんが続けたいのなら、いいけれど？」

「ホントか、ありがてぇ！」

そう言うと、白草は声を弾ませた。

「じゃあ決まりね。明日も夜九時からやりましょう」

「ああ、よろしく！」

「ふふっ……スーちゃんと二人っきりの、秘密の勉強会……これで二人きりで話せる習慣ができたわ……大きな一歩ね……もう勝ったと言ってもいいんじゃないかしら……」

よく聞こえないが、白草はなんだか自分の世界に入ってしまった。

俺は恐る恐る声をかけた。

「し、シロ……？」

「あ、スーちゃん、ごめんなさい。ちょっと勝利の余韻に浸ってしまったわ」

「勝利の余韻って何だ……」

「気にしないで、スーちゃん。こっちの話よ」

こっちとはどっちなのかというツッコミが浮かんだが、言えば泥沼になる気がして脳内にとどめておくことにした。

「じゃあそろそろ――」

「ええ、そうね。おやすみ、スーちゃん」

「ああ、おやすみ。シロ」

部屋に静寂が戻った。通話が切れると、俺一人しかいない家は、こんなにも静かだ。

俺は伸びをすると、風呂に向かった。

しかし風呂から出るころには、眠くなっていたのに目が冴えてしまっていた。

どうしようかと迷っていた俺の目に飛び込んできたのは――

「あっ……」

まだ電気がついている黒羽の部屋だった。

俺よりよっぽど勉強ができる黒羽がまだ頑張っている。

なら――俺もやらなきゃな。

俺は首のコリをほぐすと、再度机に向かった。

第三章　三つの組み合わせ

＊

校内にチャイムの音が鳴り響く。

先生が答案を回収し、教室から去っていくのを俺はじっと見送った。

「ううう……、お、終わった……」

疲れていた。

先生が消えたと同時に湧き上がる解放感。しかしそれ以上に喜びが全身を包んでいた。

「ひゃっほ〜！　やったぜぇぇぇぇ！」

これで年明けまで大きな試験はなし！　存分に遊んでいい……とまでは言い切れないが、一つ大きなヤマを越えたのは間違いないだろう！

「スーちゃん、お疲れ様」

皆が談笑する中、白草（しろくさ）が俺の席までやってきた。さりげなく珍しい行動だ。

白草（しろくさ）は根本的に目立つ行動が苦手のせいか、クラスメートの目がある教室内だと積極的に話しかけてこない。

元々目立つ白草だ。いくら同じ部活とはいえ、噂になりやすい俺と一緒にいると、どうしてもヒソヒソ話をされる。これをあまり好まないのだ。

よくあるのは黒羽と話しているときに乱入してくるパターンだ。端から見ると乱入してくるほうが目立つように思うが、本人の中では黒羽を妨害することは最優先で、別枠扱いらしい。

「どうだった、テスト」

それが確認したかったのか。

今回、俺と白草は励まし合って勉強をした。そのため俺の手ごたえが気になったのだろう。

「シロのおかげもあって、結構自信あるぜ？」

結果は——バッチリだった。

白草のおかげでいつもより集中力が続き、しっかりと勉強ができた。高校生活で一番ペンが止まらなかったと言っていいだろう。

「もしかしたら一教科くらいならシロに勝ったかも」

「ホント、スーちゃん？　大きなこと言うと後で恥ずかしい思いをしちゃうわよ？」

「あ、ひでーな。シロは数学苦手だろ？　俺は逆に得意だから、その辺りワンチャンありかなと思ってる」

「なら賭ける？　高いわよ」

「へー、面白い。何賭ける？」

「そうね……」

「──面白そうな話ね」

さらっと黒羽が話題に入ってきた。

あまりにもいいタイミング。もしかしたらいつ入るか計っていたのかもしれない。

「志田さん、あなたね……っ！」

すぐさま白草が黒羽をにらみつけて威嚇する。

もはやパターン化してきた展開──と思いきや。

「っっっ！」

スッと、黒羽が俺の手を軽く握ってきた。

(このタイミングで『ソフトタッチコミュニケーション』かよっっ！)

そう、俺は黒羽に軽く手を握られたら、握り返すことを約束している。

ただ本来は誰もいないところでそっと……というイメージだった。

しかし今は違う。

めっちゃ人前。それどころか白草と話している最中。

そんな状況下でこっそり触れ合うなんて……まるでいかがわしいことをしている気持ちになってくる……。

ただ約束は約束。俺はそっと握り返した。

「……よしっ」

俺にだけ聞こえる声で黒羽はつぶやいた。

俺は思わず振り返って黒羽を見たが、『何？』と言わんばかりに目をパチクリさせただけだった。

俺が接触を避けるようになってから、黒羽は距離を適正に保つようになった。

しかし……今みたいに要所を押さえてくる。

背徳感をうまく利用しているとでも言えばいいのだろうか。人前で手を握ってくるものだから、ヒヤッとする。それだけに意識が強制的に黒羽へ向くのだ。黒羽はこの原理を利用している節がある。

ただでさえ〝おさかの〟という秘密の関係。それをちらつかせることで、一瞬の接触でも鼓動は跳ね上がるという仕組みだ。

まったく黒羽はどこへたどり着こうとしているのだろうか。俺をもてあそぶ手管はマエストロ級と言えるほど卓越している。

「志田さん、今、何をしたのかしら……？」

白草は違和感を覚えつつも、何をしたかまではわからなかったようだ。ただ自分にとって不快であることは察しているらしく、激怒のオーラを発している。

しかし黒羽はまるで怯まなかった。

「可知さんの会話、邪魔するつもりじゃなかったの。ごめんね」

その言葉に、近くにいた女子生徒がつぶやく。

「嘘だね」

「だよね。志田さん、タイミング計ってたし……」

「顔色一つ変えないのが凄いよね……」

黒羽の行動、最近はクラスメートにも認知されてきた感じだな……。まああれだけ白草とぶつかっていれば当然だろうけど……。

「あ、ハル。ちょうどいい機会だから話すんだけど――」

黒羽はシレッと話の矛先を俺に変えた。

会話を邪魔された白草が眉をひそめる。

「まったくあなたはいつもいつも、この状態のどこがいい機会――」

「碧から朱音の話、聞いた？」

「なのかし――え？」

白草は長い黒髪を耳にかけようとし、そのまま固まった。

白草は碧と時折連絡を取る間柄だし、朱音のトラブルになりかけた一件は、毎日通話で俺と勉強していたため、白草も事情を知っている。だからこそ気になって言葉が止まったのだろう。

「クロ、それってさ、アカネが告白を断った話とは違うのか？」

「うん、その後の案件」

その後、か……。黒羽の表情を見る限り、あまりいい話ではなさそうだ。

「ミドリからって、あいつもかかわってるのか？」

「同じ中学だから、碧にはいざというとき朱音を守ってあげてって頼んであるの」

ああ、そりゃそうか。

碧は朱音と同じ中学に通っている。しかも先輩。朱音を守るという点で言えば、高校に通っている俺や黒羽より碧のほうがずっと適しているだろう。

「今回、ちょっと問題が厄介で……。それを見つけてくれたのが碧っていうわけ。不幸中の幸いというか、今なら対応次第で解決できると思うの」

「ここで話せる話題か？」

「できるけど、実は――群青同盟に手伝って欲しいって思ってて。それくらい、扱いが難しいの」

「そんなにか……!?」

黒羽は元々他人をあまり頼らない。ある程度のことは自分で解決できるし、そもそも問題になる前にきちんと対処するタイプだ。それが手伝って欲しいと言い出すとは、よほどの困難な案件と言える。

しかもこれは朱音に関する案件。俺はともかく、群青同盟は直接かかわりがない。なのに群青同盟を頼ろうとするなんて、どういうことだろうか……。

「具体的に言えば、哲彦くんの発想とか、可知さんや桃坂さんの人脈とか、玲菜さんの手法とか、いろんなものを借りたい」

「……わかった。ならみんなと一緒に聞こう。哲彦、聞いてたんだろ?」

俺の前の席は哲彦だ。

哲彦はテストが終わった後、席も立たずに携帯をいじっていた。まあ俺たちの会話に耳を澄ましていたとみて間違いないだろう。

哲彦は前の席からそのまま後ろに倒れ、頭を逆さにしたまま言った。

「りょーかい。じゃあ緊急招集な。真理愛ちゃんと玲菜にはオレから連絡しておく。十五分後に部室集合な」

「オッケー」

ということで俺たちは急ぎ荷物をまとめ、部室へ向かった。

*

試験終了早々の緊急招集だったが、時間通り部室にメンバーは揃っていた。

ただ玲菜だけは先約があったらしく、後から来るという。

席に座ると、横に真理愛が座った。

「末晴お兄ちゃん、試験はどうでした？」

俺は親指を立てた。

「今までの中では一番いいぜ。赤点はないはず……。モモは？」

「今回は赤点避けの平均狙いだったんですが、たぶん目標は達成できそうかな、と」

「え、赤点避け平均狙いって何だよ？」

真理愛はさらりと言った。

「試験前の時間は有限じゃないですか。なので教科を絞って成績を上げることもできますが、今回は赤点を一つも取ってはいけないというのがネックだったので、全体的に基礎固めを優先して勉強したんです」

「あいかわらず要領がいいな……」

きちんと自己分析し、現実的な目標を立て、きっちり達成してくる。こういう学力に現れない頭の良さが真理愛の本領だろう。

「まあ今回は玲菜さんにかなり助けてもらったので」

「あいつ学年一位だもんな……」

学年一位だけでも十分凄いのに、何でも屋なんていう怪しげなバイトもどきをやっててこの成績だ。玲菜のやつ、滅茶苦茶頭いいんだよな……生意気だけど！

「で、志田ちゃん、オレたちを集めた用件、話してくれねぇか？」

哲彦が珍しく座っている。いつもは説明する立場だから、ホワイトボードの前に立っているのが自然だ。

「うん、わかった」

黒羽は荷物を置いて立ち上がると、哲彦がしゃべるときみたいにホワイトボードの前に移動した。

「みんな、今日は集まってくれてありがとう」

まず黒羽は深く頭を下げた。

「今日ここで相談したかったのは、妹の朱音が巻き込まれている問題についてなの」

「朱音ちゃんというと、メガネをかけていて、無表情な子ですよね？」

念のため、といった感じで真理愛が確認する。二人は真理愛が久しぶりに俺の家にやってきたときや沖縄旅行で軽く接しただけなので、無理もないだろう。

「ええ、中一で、蒼依とは双子よ」

「その子が何か大変なことに巻き込まれたのですか？」

「ハルはすでに途中まで知ってると思うけど、確認のために聞いてね」

そう言って黒羽は話し始めた。

『朱音はこの前、学校一と言われる不良の先輩からラブレターをもらったんだけど、いつもはすぐ断るのに、このときは保留にしたの』

『理由を聞いてみたら、恋愛を調べてみたくなったから、保留にしてみたんだって』

『で、朱音がハルに相談したところ、ハルは気がないなら早めに振ってやれって助言したそうよ。この意見にはあたしも賛成』

『ハルの助言もあって朱音はラブレターをもらった相手に断りの話をしに行ったんだけど、堂々と相手の教室に行って呼び出しちゃって』

『おかげで密かにみんなついていって、振られるところが筒抜けだったわけ。赤っ恥をかいた不良の先輩は暴れて、先生からお母さんに連絡が来るような事件になっちゃったの』

『ここからはハルも知らないんだけど、どうやら不良の先輩は朱音を逆恨みして、学校内のネット掲示板に朱音の悪い噂を流し始めたみたいなの』

『そのことに気がついたのは碧。このことを聞いたのは昨日で、試験が終わったらみんなに相談するって決めて今日は来たの』

黒羽が話し終えると、沈黙が部室内を包んだ。

俺の感覚的には、九対一でラブレターを送ってきたやつが悪い。ただ朱音も対応を間違えた部分がある。この過失がゼロとは言えないところが扱いを難しくしている気がした。

「クロ、それってさ、誰が原因でそうなってるのかわかってるんだろ？　みんなに事情が知れ渡っているっぽいし、そいつを絞め上げれば済むんじゃないか？　そこの辺りを先生とかに任せて、しばらく様子見って手もあると思うんだが」

白草や真理愛が頷く。哲彦は頷きこそしなかったが、口を挟まないところを見ると、俺の考えとそんなに離れていないようだ。

「様子見はちょっと……。碧の話ではもうちょっとこじれてるの」

「どんな感じで？」

黒羽は側頭部に流れる三つ編みをいじった。

「朱音ってほら、淡々としているでしょ？　しかもイエスとノーのどちらかをきちっと出し過ぎちゃうきらいもある」

「ああ」

俺は朱音のそういうところ好きなんだけどな。あまりにはっきりしすぎていて、融通が利かないと見えたり、冷たいと感じたりする人がいるのは否定できない。

「だから好かれるのと嫌われるのが極端で。しかも本人はまったく気がついてないんだけど、新聞に載るほど頭がいいから、碧や蒼依よりもさらに注目されやすいの」

哲彦が口を挟んだ。

「つまり志田ちゃんが言いたいのは、朱音ちゃんは校内にアンチがかなりいて、そいつらがラブレター小僧のつけた火に油を注いでるってことじゃないのか？」

「端的に言えば、そう」

「うう～ん……」

俺は頭を抱えた。朱音にアンチが大量にいるのは、何となくわかる。

朱音には謙虚さがないように見える部分がある。本当に頭がいいんだし、自慢はしていないのだから謙虚になんてなる必要はない。でも色眼鏡をかけて見る人なら、あの淡々とした話しぶりが鼻持ちならない態度に見えなくもない。

俺は朱音と小さいころからの付き合いだから知っている。朱音は何事にも悪気がないし、実は優しくて困っていたら一生懸命手伝ってくれる面がある。それで俺は何度も助けられた。

（しかし……興味がない人はどうでもいいと思っている部分があるのも確かなんだよな……）

きっと今までも告白してきた男子を冷淡に振ってきたのだろう。そうなると、その中には恨みに思っているやつがいてもおかしくはないし、振られた男子に好意を寄せていた女子はムカつく、といった最悪のドロドロ黄金パターンもかなりあったんじゃないだろうか。

そういう朱音に悪意を持つ連中が今回の不良の先輩の一件に便乗し、ネット上で騒いでいる……いかにもありそうなことだ。

「あ～、これか。……ま、クズのやることだな」

そう言って哲彦は携帯で掲示板の書き込みを見せてきた。

内容としては『実は三股かけてる』とか『身体を使って○○に色目を使った』とかいうものだ。……何だこれ、ぶち殺すぞ？

予想以上に、カチンときた。

いかにもな朱音下げ。ありもしないこととすぐにわかる嘘のオンパレードだ。

朱音は恋愛がわからないから研究しなきゃ、と本気で悩んでいるような女の子なのに……どうしてこんなにひどいことを書けるんだ……？

「これ、滅茶苦茶ムカつくな」

「スーちゃん、私にも見せて？」

「モモも見たいです」

俺は哲彦の携帯を白草に渡した。白草と真理愛は一緒に書き込みを見て――眉根に皺を寄せた。

黒羽が言った。

「ネット関係ってあたし強くないから、どうやって止めればいいかわからないの。その辺、哲彦くんなら強そうだし、モモさんも知識持ってそうかなと思って。可知さんも止められる人を知っているかもしれない。だから身内の恥で申し訳ないけど、相談させてもらったわけ。みんな、突然の話でごめんね。でも、止めるのに協力して欲しい。お願いします」

黒羽が深々と頭を下げる。

可愛がっていて、頼りにもしている妹みたいな子の苦境……俺に断る理由なんてなかった。

「んなもん協力するに決まってるだろ！　なぁ、みんな！」

俺が力拳を作って宣言すると、他のメンバーも次々に頷いた。

「こういうの、私、本当に大嫌いなの。自分は安全なところにいて、人を貶めるような人間、私は絶対に許さないわ。必ず見つけ出して地獄を見せてあげる」

「モモも同感です。こうした卑怯な真似、見逃せないですね。知らない子の話でもないですし、できる限りの協力をさせてもらいます」

普段喧嘩している相手からの力強い賛同に、黒羽は強く感銘を受けたようだった。

「……可知さん、モモさん、ありがと。本当に」

「当たり前よ」

「ですね」

「哲彦、お前もいいよな？」

俺が話を振ると、哲彦は手元に戻ってきた携帯に目を落としていた。

「おい、聞いてるか？」

「ん？　あ、もうちょい待て」

「何やってんだよ」

「んー、炎上範囲の確認かな？」

「は？」

「ああーっ、やっぱりこっちにもあったかぁ」

突如哲彦は頭を掻きむしった。

「おい、何だよ」

「いやさ、朱音ちゃんの話題、もっと大きなところにまで飛び火してねぇか気になって検索かけてたんだよ。んで、大手掲示板とかは軽く見た感じ大丈夫だった。でも――」

「でも？」

「まち掲示板であげてるバカがいやがった」

まち掲示板は、その地域のネタを書き込むローカルな掲示板だ。

大手掲示板に比べれば格段に知名度や拡散力は劣る。

しかし――

「おい、アカネの顔写真が目線付きで出てるじゃねぇか」

俺は怒りを抑えきれなかった。

一応プライバシーを守ってる風に見せかけているが、見る人が見れば絶対にわかる。その証拠に、別の書き込みには四姉妹という単語が出ていた。

幸いというか、掲示板では盛り上がっているどころか、非難する傾向が強い。どうやら朱音を知っている人が守ろうとしてくれているようだ。

しかし目線があってもわかってしまう朱音の美貌、そして美少女四姉妹の一人だということに興味を惹かれた人も多くいるみたいで、話題は続いてしまっている。これじゃ黒羽たちの写真がいつあげられてもおかしくない。

「哲彦！」

「ああ、沖縄旅行で手伝ってもらってるしな。やるか」

「ありがとう、哲彦くん。でも、変な交換条件とかないよね？」

黒羽が哲彦をにらむ。さすが黒羽、最初にけん制することを忘れていない。

「ま、さすがに今回ばかりはボランティアのつもりだ。ただ、群青同盟として公表するか否かは別として、撮影か録音はしておいたほうがいいと思うぜ。どこでどういう事態に巻き込まれるかわかんねーからな」

「どういうこと？　説明して」

哲彦が黒羽に向けて、手を回転させた。入れ替われ、のジェスチャーらしい。

黒羽は頷いてホワイトボードの前を譲り、空いていた席に座る。

代わりに立ち上がって前に出た哲彦は、黒のマジックペンを手に取ると、ホワイトボードにサラサラと書き始めた。

「今回の一件は、末晴の過去をバラされたときの対応が活用できる。だからまあ、オレが情報をかく乱したり、掲示板管理者に削除要請したりすればとりあえず今の書き込みには対処できるが、それだけだと根本的な解決にはなんねーよな？」

「まあ、朱音アンチのやつがまた書き込むだけだからな。解決に持ってくには、そいつら全員見つけて、反省させて、もうやらないように……って、それ無理じゃね？」

言いながら気がついた。今回の案件、滅茶苦茶厄介だ。

俺の過去がバラされた案件は、もっと単純だった。俺が真実はこれだと世間に訴え、認めてもらえばよかった。俺のときのほうが話の規模が大きかったが、一度世間に認知されれば容易に覆されない状況だった。

でも今回の朱音の案件は、地下での、しかも不特定多数の相手との戦いだ。火をつけた一人や二人は見つけられるだろうが、朱音アンチ全員を見つけることは困難。ただ話題に乗っただけの愉快犯も多いだろうし、一度落ち着いてもまた別のところで火をつけられたらその都度対応しなければならない。

そっか、俺が瞬時に把握できなかっただけで、黒羽はここまでわかっていたのだ。だから群青同盟の力を借りたかったのか。

「ひとまず今の書き込みにはオレが対応するってのは大前提として、別に三つの対策を進めるべきだとオレは思ってる」

「それは？」

哲彦は横に移動し、ホワイトボードに書いた内容を一同に見せた。

○犯人を追及する
○味方を増やして守る
○教師を懐柔する

白草が長い黒髪を撫で、つぶやく。

「犯人を追及するのは当然よね。醜い行動にふさわしい罰が必要だわ」

「味方を増やして守る……なるほどね。同じことが起きても、味方が多ければすぐに潰せるってことか」

黒羽は唇に人差し指を当て、頷いた。

「教師の懐柔も理解できますね。再犯を防ぐには、必須でしょう」

真理愛がふわふわの髪をすく。

哲彦は指を鳴らした。

「完全な解決は不可能かもしれねぇが、この三つを進めることで限りなく解決には近づけるだろうってのがオレの考えだ」

「哲彦、この三つはいいし、納得したんだが、さっき言ってた撮影や録音をしておいたほうがいいって言ってたのは何でなんだ？」

「んー、『証拠の保存』かな？」

「だからお前はいつも結論から言いすぎなんだよ。もう少しわかりやすく説明してくれ」

俺が口を尖らせると、哲彦はバカにしたように肩をすくめた。

「わかった、お前用に超簡単に言うと、『群青同盟がこの事件に介入することで、アンチの矛先が俺たちに来る可能性がある』ってことだ」

「あっ……」

なるほど、それはありえる。というか、元々朱音をネットで陥れて喜んでいるようなやつらだ。反撃してくることを前提に考えたほうがいいだろう。

「ここで効力が出るのが、動画や音声だ。そいつらがどれだけ嘘を書き込もうとも、証拠さえ用意しておけば簡単に勝てる。またある程度アンチのやつらを踊らせておいて、あぶりだしたあげく一網打尽にするって手段も取れる」

例えばアンチのやつらが『群青同盟が朱音に有利になるよう情報操作している』と書いたとしよう。このとき情報収集の際の動画や音声があれば、どちらが嘘かは明白になる。

「ただ動画だろうと音声だろうと、肖像権などの問題がある。いざってときの奥の手だと思っておいてくれ」

あー、群青同盟の公開している動画って、基本仲間内だけの動画か、ＣＭやＰＶなどのしっかりとした制作物だ。部活と対戦する動画だって、相手の部活と契約書を交わしていたからこそ公開できたってことか。

動画をネットで公開することは、世界に顔をさらすと言っていい。許可がない人の顔を出すのは大きな問題となってしまうから、ハードルは高い。

「撮影か録音をしたほうがいいってことはわかった。そのことにはみんなも異論がないよね？」

黒羽の問いに反論する者はいない。皆、頷くばかりだ。

「ならちゃんと群青同盟の企画として、あたしから提案させて。そうしないと筋が通らないと思うから」

優等生の黒羽らしい意見だ。みんな協力すると言っているのに、ちゃんと筋を通そうとする。

投票は五分もかからなかった。

「……最後も○、と。全員一致で可決だな」

拍手が部室を包む。これで朱音への対応は群青同盟の正式な企画となった。

となると、今度は進め方だった。

懸念を示したのは白草だった。

「さっき甲斐くんが出した三つの対策だけれど、これって基本的に全部朱音ちゃんのいる中学校でやらなきゃいけないことよね？」

「あ～、言われてみればシロの言う通りだな……」

一応俺と黒羽は卒業生だが、だからといって高校二年にもなって母校にずかずかと足を踏み入れるのはためらわれる。

「この三つの対策は私も有効だと思うけれど、中学校にこのメンバー全員で押しかけて行くのは目立ちすぎるだろうし、行ったとしても一日で解決するとは到底思えないわ。やり方を考えたほうがいいわね」

「では少数精鋭で進めてはどうでしょう？」

真理愛はしっかりものの妹の顔をして言った。

「それぞれ二人ずつくらいで担当する対策を決めるんです。学校に行くのも一チームごとというのはどうですか？　これなら注目度も適度に抑えられると思いますが」

「悪くないアイデアだ」

哲彦が乗っかってきた。

「ただオレはネットの対策に専念したほうがいいだろうな。サポートとして玲菜をつけさせてくれ」

「そうなると四人でどう割り振るかになっちゃいますね……」

真理愛が腕を組むと、黒羽が身体を前に出した。

「それならハルは固定で学校に同行して撮影や録音をする係っていうのはどう？　で、あたしたち三人は三つの対策班に分かれるの。対策ごとに最低一人固定したほうが情報の集約にいいだろうから。現地では妹の誰かに案内させるから、中学校での活動は三人ってことになると思う。どうかな？」

「悪くねぇな」

哲彦はあごを撫でた。

「末晴を固定するのは、抑止力狙いだろ？」

「どういう意味だ、哲彦？　俺を固定するのは、女子同士の班を作ると揉め事になるせいだろ？　だってクロとシロにコンビを組ませて揉めたら、地球防衛軍くらい必要だもんな？」

「まあ、末晴お兄ちゃんったら」

くすり、と真理愛が笑う。

もちろん黒羽と白草は笑わない。

「……言ってくれるじゃない、ハル～？」

「……軍隊が必要なんて、私のことどう見ているのかしら、スーちゃん？」

「す、すいませんでした……」

左右から頰を引っ張られ、俺は謝罪した。

「あいかわらずアホだな、末晴は。こうなることわかってて言うもんな」

「哲彦さんもまだまだですね。そのおバカさ加減が可愛いんじゃないですか」

「いや～、それ一生理解できねぇわ」

「二人とも俺がバカだという前提で会話しないでくれる？　自覚してるつもりだけど傷つくか

らな？」

哲彦は首を鳴らし、話を戻した。

「っていうかさ、志田ちゃんが末晴を中学校派遣に固定したのってさ、やっぱり男手が欲しいってことだろ？　オレは志田ちゃんと可知が組んでもそれなりにうまくやると思うが、一番のポイントは相手が逆上してきたときが怖いってことじゃねぇのか？」

「あっ……」

それを考えると、確かに女性だけのコンビは危ない。

唯一わかっている犯人は、学校一の不良。聞いた話だと、一八〇センチを超えるガタイの良さだという。俺たちが探っていると聞いて突然喧嘩を吹っかけてきたとしたら――なるほど、そうなると最低でも男手が一人は欲しいところだ。

黒羽は苦い顔をした。

「ま、そこまでは考えすぎだと思うんだけどね。ただ中学生から見ると、男子高校生って大きくて強く見えるでしょ？　男女の違いでどうこう議論するつもりなんてないけど、ハルがいてくれるだけで圧力になるし、変なことをされにくいってのも確かだと思うの」

「そうね、それはその通りだわ」

「モモも末晴お兄ちゃんが一緒のほうが心強いです」

「わかった。いざとなったときは俺が身体張って守るから」

俺が胸を叩いてアピールすると、黒羽、白草、真理愛の三人はそれぞれ笑顔を送ってくれた。

哲彦がこつんとホワイトボードを叩いた。

「じゃあ誰をどの対策担当にするかだが――」

「味方を増やして守る対策は、あたしが向いていると思うの」

黒羽は携帯の画面に指を滑らせた。

「あたし卒業生だから、後輩がまだ中学に残ってるの。その子たちの力を借りるのが一番だと思うんだけど」

「そりゃ適任だ。クロ、三年のとき生徒会副会長もやってたくらいだしな」

当時の一年生が、今の三年生になっているはず。

「……って、あれ？　つーことは、間島って問題の不良と俺たち、同じ学校に通ってたのか。そんな問題児、記憶にねぇぞ？」

リーゼントなんてやってたら絶対に記憶に残るはずなんだけどな……。

その疑問には黒羽が答えてくれた。

「碧の話だと、リーゼントにしたり喧嘩をしたりとか、問題行動を始めたのは去年かららしいよ」

「中二からってことか。一種の中二病？」

「さぁ？」

じっとホワイトボードを眺めていた真理愛がそっと割って入った。

「モモは教師懐柔をやってもいいですか？　モモの知名度を活かせると思いますし、こういうのは得意なので」

ああ、確かにそうだ。目上への工作で真理愛以上の人材は群青同盟にはいないだろう。

「なら私が犯人追及ね。ちょうどよかったわ。私、昔いじめられて不登校になったくらいだから、こういう裏で卑怯なことをする輩、絶対に許せないの」

これで決まった。

ネット対策……哲彦&玲菜。
犯人追及……白草。
味方の増強＋拡大……黒羽。
教師懐柔……真理愛。
撮影&ボディガード……俺。

うん、それぞれの長所が活きる編成だと思う。

（よかったな、アカネ）

俺は心の中で話しかけた。

みんなお前の味方だ。

今回、お前はミスを犯したかもしれない。

でもまだ中一。傷つくことも傷つけることもあるさ。高二の俺だって、ここ数ヶ月を振り返るだけでも黒羽と傷つけ合ってしまっている。

問題はそれを当人たちの間でとどめることだと思う。だから俺には、朱音の行動がネットでさらされるほどのミスだとは到底思えない。

年少者のタガが外れてしまったとき、歯止めをかけ、節度を守らせるのが年長者の役目だろう。だから俺はこの問題に遠慮なく介入するつもりだ。

そしてそのうえで、朱音がより他人への配慮を覚えてくれたら嬉しい。

朱音の頭の良さは必ず他人を幸せにするし、まだ幼さを強く残す美貌はいずれ多くの男を魅了するだろう。そうした素晴らしいものをたくさん持っているからこそ、使い方を知って欲しい。

隣の家に住むお兄さんとして俺は、お節介ながらそう思ってやまないのだった。

＊

翌週の放課後、俺は真理愛と母校である六条中学校にやってきていた。

場所は職員室に近い裏門。朱音が案内をしてくれる手筈になっているので、来るのを待っていた。

下校のピークはすでに過ぎているが、それでも多くの生徒がいて、目の前を通り過ぎていく。変に目立ちたくないため、そのたびに俺たちは下を向き、ひっそりと顔を隠すのだった。

「今日は寒いですね、末晴お兄ちゃん」

真理愛がダッフルコートの上から自らの身体を抱きしめる。

「確かに。ただ俺は同じ寒いって言っても、別の意味で寒気がするっていうか……」

俺もコートを羽織っている。ただ問題はコートの下だ。

(中学校のときの制服……)

約二年ぶりに着た制服だ。

そんなに身長は変わっていないから、普通に着ることができた。ただ押し入れから出して鏡で見てみたところ——どことなくコスプレ感がする。

このやってしまった感が寒気となって俺を襲っていた。

(哲彦の野郎……)

あいつが言い出したのだ。

『職員室に行くだけなら、私服でいいぜ？　でも調査のために聞き回ったりするかもしれないだろ？　周囲と同じ格好のほうが目立たないし、いざってとき撮影だとか言ってごまかせるぜ？』

あいかわらず理屈は通ってるから困る。

はぁ、と俺はため息をついた。

そんな俺の袖を真理愛が引いた。

いつもなら腕にしがみついてきそうなところだが、外であることと、俺が接触を避けていることを考慮しての行動だろう。

「末晴お兄ちゃん、男性というものはほとんど例外なく、学生服が好きだと聞いたのですが」

「お前はあいかわらずいきなりぶっこんでくるな⁉」

「え、違うのですか？」

「ま、まあ人それぞれじゃないか？」

「末晴お兄ちゃんは？」

「大好きに決まっているだろうが！」

だって可愛いし……問い詰められたら正直に答えるしかないじゃないか……。

真理愛はにまぁ～と笑った。

「そんな末晴お兄ちゃんに朗報です！」

「え、何がだ？」

「モモ、このコートの下、ここ六条中学校の冬服です」

「なん、だと……？」

なんてことを言い出すんだ、真理愛は……っ！　まさか卒業生の俺だけじゃなく、真理愛も着ているだなんて想像外だ。

「哲彦さんが発案し、玲菜さんが手配してくれました」

「哲彦のやつ、天才かよ……っ！」

女子高生に中学の制服着せるとか、とんでもない発想じゃないか……？

真理愛は無造作にコートのボタンを外して言った。

「思い出の中学。本来いないはずのモモ。モモと一緒に通っていたのではないかという幻覚に襲われた末晴お兄ちゃんは、色香を放つ制服に劣情を抑えきれず――」

「いやいやいや！　それやったら俺、絶対出禁だから！」

俺はコートの最後のボタンを外そうとした真理愛の手を摑んで止めた。

すでにはだけたコートの下に魅惑の制服がチラっと見える。

俺はなんだか照れくさくなって制服から視線を逸らすと、それを見て取った真理愛はまたにや～と笑った。

「出禁で何が悪いんですか？　末晴お兄ちゃん、甘い蜜には毒があるものなんですよ？」

「そこは踏み込んじゃダメなところ！」

「末晴お兄ちゃんは照れ屋ですね。モモはいつでもウェルカムですが？」

真理愛は笑顔を浮かべ、両腕を広げた。胸の中に飛び込んでこいと言わんばかりだ。

「こ、こんなところでやめろって……」

「じゃあこんなところじゃなければいいってことですか？」

「そうじゃなくてだな……」

ダメだ、真理愛を意識し始めてから、我ながらツッコミが弱い。

真理愛はジト目をしながら俺を肘で小突いた。

「ほらほら、愛の特急列車、乗っちゃいましょうよ！」

「あぁ～、この野郎、からかうなって！　照れくさいんだからよ！」

俺が軽くこめかみをグリグリすると、真理愛はきゃーっと楽しそうに声を上げながら身をよじった。

「――ハルにぃ、何やってるの？」

気がつくと、朱音が立っていた。

もちろん冬服姿。そういえば朱音の制服姿ってあまり見たことがないだけに、新鮮で可愛らしい。

いつも通りの無表情――だが。

(何だろうか……これって……)

俺は真理愛を離し、朱音の前で身体を屈めて聞いてみた。

「アカネ、もしかして怒ってるのか？」

「怒ってる？　なぜ？　会ったばかりで怒る？　論理性皆無」

「そ、そうだよな〜、あはは〜」

元々無表情だからわかりにくいが、やっぱり怒ってるっぽい。

俺が朱音の気持ちを理解できず苦い顔をしていたところ、真理愛が俺の横に並んだ。

もちろん真理愛は朱音と背があまり変わらないので、屈みはしない。

「朱音ちゃん、沖縄旅行ぶりですね。桃坂真理愛です」

「……どうも」

それだけ言って、朱音はすすっと俺の後ろに移動した。

蒼依も似たような行動をするときがあるが、もっと自然にやるし、意味が違う。

蒼依は見知らぬ人が苦手で隠れたいから、俺の後ろに隠れたりする。

だが朱音は苦手でも臆病でもない。興味がないし、面倒くさいから先に物理的距離を取っておく。だからそんな自分の行動を隠そうともしない。

真理愛は沖縄旅行で朱音の様子を観察していたので、そのことを知っているはずだ。

……いや、だからこそだろうか。

あえて朱音に近づき、微笑みかけた。

「朱音ちゃん、モモのことを『モモねぇ』って呼びませんか？」

朱音は即座に回答した。

「別にいい」

「どうしてですか？」

「無意味だから」

「メリットはありますよ？　モモの妹分とみなされます」

「みなされなくていい」

「そうですか？　じゃあ朱音ちゃんは今の状況、どう思っていますか？」

「……面倒くさい」

まぁそうだろうな、と俺は思った。

朱音自身は何も間違ったことをしていないと思っているはずだ。なのにネットで勝手に問題は大きくなってしまった。朱音じゃなくても、歯に衣を着せないのであれば『面倒くさい』と思うのは無理もない。他には『怖い』と思うのが一般的のように感じる。

「あと――」

朱音は少し間を空け、付け加えた。

「申し訳ない」

俺はその言葉に朱音の成長を感じた。

朱音は今まで、自分が悪くないと思ったらそんな風に言わなかった。

でも世の中は正しいことだけではうまくいかない。

間違ったことをしていないのに、周囲に迷惑をかけてしまうことだってある。

たぶん朱音は、そのことを学びつつあるのだ。

成長が見える朱音の発言に、真理愛はにっこりと笑った。

「モモは朱音ちゃんの行動、何も問題はないと思っているんです」

「そう、なの……？」

「はい。だって相手から勝手に告白してきて、勝手に暴れてるじゃないですか？　どこに問題がありますか？」

「だ、だよね？」

朱音が少し前のめりになる。

さすが真理愛。俺と志田家以外の人間に対してこの行動をする朱音を見るの、久しぶりだ。

「もし考慮すべきことがあったとすれば、相手のレベルです」

「レベル……？」

「そうです。イノシシを捕まえるのに投降を呼びかけても意味がありません。必要なのは落とし穴です。このように、相手に応じて有効な手段は変わってきます。わかりますか？」

「……うん」

「相手は評判の悪い先輩。類は友を呼ぶという言葉があり、人は本人の言動だけでなく、その交友関係からも評価されます。ではこれほど評判が悪い相手……どう対処すべきだったと思いますか？」

「かかわってはいけない」

「そうです。そうなると、朱音ちゃんの行動に一つミスがあります。わかりますか？」

「……告白を保留にした」

「そうです。かかわっちゃいけない相手に、勘違いさせるきっかけを与えてしまった。これは大きなミスだとモモは思ってます。そして瞬時に相手のレベルを見抜けなかったことが、朱音ちゃんのミスです。ここまでで異論は？」

「ない。よくわかる話だった」

……なるほど。意外や意外、真理愛と朱音って相性いいんだな。

朱音は完全に感情より理屈のタイプ。そのため諭す際、きちんと理屈を話してやるのが有効だ。

そして真理愛もまた、黒羽や白草より客観的で論理で動くタイプ。口には出さなくても、心の中でしっかり理屈を持ち、的確な手を打ってくる。だてに芸能界の荒波を計算して乗り越えてきたわけじゃないだろう。

もちろん相性だけじゃない。真理愛が朱音の本質をきっちり見抜き、会話の仕方を変えてきたことも見逃せないだろう。この変幻自在さが真理愛の真骨頂だ。

（あと、真理愛がこの話題を真っ先に持ってきたのは……）

きっとこの問題における朱音の心の整理が大事だと考えたからに違いない。

俺は今回の事件をきっかけに朱音が反省し、より成長してくれればいいと思ったが、反省と言っても朱音は種火をつけてしまった程度で、あとは勝手に燃え広がってしまったところがある。

なので、俺たちの中で朱音に憤るような感情は誰も持っていないし、朱音にも強い反省はない。そのため真理愛は朱音のミスを明確にし、よりよい成長ができるよう促しているのだ。

「では朱音ちゃん、現在のように相手が逆恨みし、問題が広がってしまった場合、どんな対策が有効だと思いますか？」

「……今、ハルにぃたちがやってくれている、先生を味方につけたり、犯人の証拠を探すこと？」

「間違いじゃありません。ただ、本質を摑んでください。それらはすべて『自分に何かしてきたら痛い目にあうことを思い知らせる』ための行動です」

朱音が目をパチクリさせている。

真理愛は清楚に見えるから、この好戦的でタフなところ、初めて知ったときは驚くよなぁ。

でも長いこと見ていると気がつく。そんな部分こそが真理愛の本当の魅力だと。

「交渉を有利にするのは、武力と選択肢の多さです。今、問題のある相手との交渉が、暗礁に乗り上げています。さてここで重要なのが、武力です。相手からこちらの足をすくってきた以上、妥協など不要。相手に力の差を見せつけ、反撃の目を与えず、強制的に相手にこちらの要求を呑ませる必要があります」

「うん」

「今回で言えば武力とはつまり、朱音ちゃんを支持する人間の数と質です。だからこそ先生に協力を求め、味方を増やす必要があるのです」

「おおっ……」

凄い、朱音の目が輝きだした。

「さて、話を戻しましょう。最初、モモは『モモねぇ』と呼んで欲しいと言いました。モモの妹分にみなされるとも言いました。これってつまり、モモの庇護下に入ると宣言しているようなものなんです」

「！」

「そう！　朱音ちゃんがモモを『モモねぇ』と呼んでいることが広まれば、朱音ちゃんの敵はモモにとっても敵！　若手女優にして〝理想の妹〟と呼ばれるモモを敵に回すということなんです！　ちょっと調子に乗った男子中学生が、モモにたてつく？　ふふっ、それはそれで面白いじゃないですか。ぜひともやってみて欲しいものですね」

真理愛の持つ知名度、人脈、話術、知識――このすべてが武力であることは、朱音にもわかったろう。

朱音はとても平等な子だ、と俺は思っている。普通の人なら重視するだろう『美しさ』とか『学力』とか『運動能力』とかで人を判断しない。

ただそれだけに残酷でもある。朱音が興味を抱くほどの『何か』を持っていないと判断されてしまった場合、『興味がない』というくくりになってしまうからだ。

こうした平等さと興味のなさが世間とのずれの源なのだが、だからこそ真理愛は教えたかったのだろう。世の中がどれほど『力の論理』で動いているかを。

「さて、朱音ちゃん。これでも無意味と言いますか？」

朱音は首を左右に振った。

「ありがとう。よくわかった。これからは『モモねぇ』って呼ぶ」

「ふふっ、素直な子は好きですよ」

真理愛は優しく微笑む……のだが。

俺はそっと真理愛の耳元で囁いた。

「なぁ、モモ。お前結局、アカネを妹分にしたかっただけじゃ？」

「……何のことやら」

真理愛はスッと視線を逸らした。

あいかわらずだな、こいつ……。まあ朱音にとってプラスになるならいいか……。

真理愛は上機嫌になって背後から朱音の両肩に手を置いて押した。

「さあさあ、今日の目的である職員室へ行きましょうか。朱音ちゃん、どっちですか？」

「こっち」

「こっちですね」

真理愛がロボットをリモコンで操るように、朱音の肩を回す。ご機嫌な真理愛と無表情の朱音のコントラストが面白い。

「こんなに可愛いんだからそりゃモテますよね。朱音ちゃんはもっと自分の美しさを自覚するべきですよ。このままだともっと大きな事故を起こしてしまいますから。ただ覚えておいて欲しいのは、自覚と自意識過剰とは違うんです。事実を把握することが大事なんです。過剰も過少もよくない。わかりますよね？」

「まあ……うん」

「いい子ですね～」

頭を撫でられる朱音はうんざり顔だ。しかしはねのけないのは真理愛を認めたからだろう。認められたことが真理愛にとってとても嬉しかったようだ。猫かわいがりは加速していった。

ただ、職員室に着くころには——

「もういい」

と朱音に逃げられていた。

「なぜに⁉」

あれだ、懐かない猫がようやく近づいてきてくれたら、嬉しくて撫ですぎて、逃げられるやつと同じだ。

そういえば真理愛っていつも妹ポジションで、姉ポジションって初めてだな。だからこそ新たな喜びで興奮しているのかもしれなかった。

＊

俺たちは職員室に入る前になってようやくコートを脱いだ。

そして現れる。真理愛の中学校冬服姿が。

真理愛は童顔だし、まだ高校一年だから違和感がゼロ。いや、違和感があるとすれば、真理愛が見慣れた制服を着ているということか。

一瞬、運命がちょっと違っていたら真理愛がこの制服を着て後輩として仲良くやっていた世界があったのかもしれない——なんてことを考えてしまい、心をくすぐられるわ、郷愁に襲われるわで複雑な気持ちになってしまった。

そんな俺を見て、真理愛がニマニマ笑う。

「あらあら、末晴お兄ちゃん……可愛らしい」

「っ——」

そしてあいかわらず察しがいい真理愛。こういうところはちょっと苦手だ。

「そんなにチラチラ見なくてもいいのに……。何ならゆっくり別の部屋で撮影会をしても――」

「入るぞ！」

吹っ切るように、俺は職員室の扉を開けた。

と、同時に広がるざわめき。

その場にいる先生たちの視線が一斉に俺たちに向けられた。

「すげぇ、桃坂真理愛だ……」

「丸末晴、ホントにここが母校だったんだな……」

「志田姉妹と付き合いがあることは聞いていたが……」

軽く見ただけでも、知らない先生多いなぁ。卒業してたった二年しか経っていないのに、自分がいたころと雰囲気がかなり違っている。

こりゃちょっとやりにくいかな、と思ったところで、大きな足音を立てて一人の先生が俺の前に立った。

「おう、丸！　久しぶりだな！　また問題起こしたか？」

「起こしてないっすよ！　ひでぇな、タナセン！」

「タナセン言うんじゃねぇ！　田中先生だろうが！」

そう言ってタナセンは俺の背中を遠慮なく叩いてきた。

今どき先生が生徒の背を叩くなんて『パワハラだ』『暴力教師だ』なんて言われて問題になりそうだが、それを躊躇なくやり、しかも慕われているのがタナセンだ。

ガタイが良く、いくら職員室で暖房が利いているとはいえ半袖のポロシャツを着ていて、花崗岩みたいな風貌の先生――これが俺の三年のときの担任だった田中先生、通称タナセンだ。

「お前、何だっけ？　トレーニングチューブみたいなところで活躍してるらしいじゃねぇか！」

「ＷｅＴｕｂｅ。何でも筋トレに絡めないでくださいよ。まだネットやってないんですか？」

「携帯は買ったぞ。学校関連以外では使ってないがな」

超アナログ筋トレ大好き教師、それがタナセンだ。ちなみに担当教科は体育ではなく、理科だったりする。

「つーか、お前の格好……何だ？　あれか、最近流行の、制服プレイだったか？」

「それ言うならコスプレ！　そのプレイはもっといかがわしいお店のだからマズいっすよ！」

職員室でその言葉を言うって、心臓止まるかと思ったぞ！

「あまり目立ちたくないんで、俺とモモは制服を着てきたんすよ」

「ある意味そっちのほうが目立つ気が……まあいいか。ここじゃ何だ。奥へ入れ」

職員室の奥から入れる別室に案内される。

きっと相談事があるとき用の部屋だろう。狭いがしっかりとした個室で、ソファーが向かい合わせに置かれていた。

ソファーは二人しか座れない。誰がタナセンの隣に座るかで迷ったが、真理愛が自らタナセンの隣をかって出たことで落ち着いた。朱音の隣には兄同然の俺が座るべきだ、と真理愛は考えてくれたようだ。

「タナセン、やっぱ撮影はダメなんすか？」

「ああ。電話で言った通り、学校内の撮影はすべて禁止な。ただし録音は構わない。もちろん録音した声、または書き起こした内容を公開しようとする場合、チェックはさせてもらうがな」

「ケチ」

「うっせぇ。先生は公僕で、学校は公的機関だぞ？　ホイホイ撮影できるほうがマズいだろうが」

「そりゃそうか」

まあ録音でも、アンチが変な難癖をつけてきたときの証拠になる。筋を通せば録音ＯＫというだけでもありがたいと言えるだろう。

「じゃあこれから録音しますんで」

俺は携帯を操作し、録音アプリを起動。中央にあるテーブルに置いた。

録音が始まったことで緊張したのだろう。

タナセンは咳をして喉の通りをよくした。

「事前に丸から事情は聞いてるし、そのとき言われたサイトも他の教師に協力してもらって確認した。で、結論としてはな、証拠がないと誰も問い詰められねぇし、警告は出せるがそれで志田朱音……悪いな、志田は姉妹が今中学に三人もいるから、フルネーム呼びなんだ。志田朱音の立場が悪くなる可能性もあって、慎重にやったほうがいいって話になってる」

「タナセン、随分弱気じゃないっすか」

「うるせぇ！　ネットは不得意なんだよ！　喧嘩なら俺の筋肉で締めあげるだけなんだがなぁ」

タナセンがフロントダブルバイセップスポーズをする。

いや、暑苦しいだけだからやめてくれよ。

「――学校としては、朱音ちゃんの味方なんですよね？」

抜き身の刃のような鋭さを持って、真理愛が尋ねた。

「ああ、それは保証する。丸の話だけじゃなく、他のやつからも話を聞いた。で、結論としては間島が悪い。ただ個人的には引っかかる部分もあってな」

「なんすか？」

「間島って、俺と同じ古くせぇタイプのやつなんだよ」

「リーゼントとか？」

「そう、不良としても昭和くせぇというか。あんまりネットでごちゃごちゃやるイメージないんだよな」

「とは言ってもネットくらい扱えると思いますが」

真理愛のツッコミに、タナセンはため息をつきつつタバコを胸ポケットから出しかけ――手を止めて戻した。

「ま、その子の言う通りだ。現状、こんなことをする動機があるとわかってるのは間島だけだ。タイミング的にも、あいつが主犯ならしっくりくる。ただ、な。俺はこっそりやつにラーメンを奢ってやったことがあるからかもしれんが――おっと録音しているんだったな。カットしておいてくれ」

「了解っす。個人名とかも使うことはないから安心してください」

「お、問題児の丸のくせに、なかなかいっぱしのこと言うようになりやがったじゃねぇか」

「そういうこと言うならカットせずに書き起こしますけど？」

「ははっ、悪い悪い。卒業生相手になると口が軽くなるのは気をつけなきゃいけねぇな」

タナセンはスポーツ刈りの頭をぼりぼりと掻いた。

緊張感を持ったままやり取りを見つめていた真理愛は、きちっと詰めた。

「話を戻しますが、犯人の証拠が出た場合、きちんと学校としてその両親などに話をつけていただけるのでしょうか？」

「当たり前だ。証拠が見つからないから今は動けねぇが、ネットでの誹謗中傷はどの学校でも長年問題となっていることだ。今回の一件は悪質だと思っているし、こっちだって危機感を持ってる」

「その言葉を聞いて少し安心しました」

真理愛が朱音を見て、ニコッと微笑みかける。

真理愛のやつ、保護者の気分になっているのかもしれないな。

「では普段から朱音ちゃんの身辺には気を払ってくださいね。起こってしまったことは仕方がないですが、朱音ちゃんは今後二年もこの中学に通うんです。もちろんお忙しいのはわかっていますが、できるだけの対処を」

「ああ、当然だ」

真理愛はコホンと軽く咳払いをした。

「……えー、ここから後はカットしますが、どれだけ誠実な人間でも忙しければついつい手を抜いてしまうもの。もしいろいろご協力いただければ、成果に応じて私から商品券のプレゼントを――」

タナセンがのけぞった。

「おいおいおい！　桃坂だったか⁉　校内で賄賂の話はやめろ！　こっちは公務員だ！」

「まあまあそう言わず――」

懐から商品券を取り出して差し出す真理愛と、ドン引きするタナセン。

追い詰める女子高生と、追い詰められる筋肉隆々の中年男。

とんでもなくシュールな光景だ。

俺は真理愛をジト目で見た。

「モモ、お前すげぇすんなり賄賂の話に持っていったな。俺、びっくりしたぞ」

「………冗談です☆」

真理愛は明後日の方向を向いてペロッと舌を出した。

「おい、丸。こいつ若手女優って聞いたが、違うだろ？　あれだろ、本当は若手女優風の悪徳弁護士とかじゃねぇのか？　年齢も相当サバ読んでるだろ。こんな高校生がいるはずねぇだろうが」

「いや、タナセン……これでも本当に女子高生で若手女優なんだ……」

「世も末だな……まあこれだけ肝っ玉が太けりゃ何でもできるか……」

「お二人とも、随分失礼なこと言ってくれますね？」

真理愛が頬をひくつかせる。

タナセンは話を元に戻した。

「さっきも言った通り、俺は学年主任としてなるべく気をつけていく。ただ——志田朱音」

タナセンは朱音を見た。

「お前の言動は人を刺激しやすい。そこを今後、気をつけてくれると助かるんだが」

「大丈夫……のつもり。さっきモモねぇにいろいろ教わったし」

「も、モモねぇ、だとぉ……？」

「朱音ちゃん……」

真理愛は朱音を胸に抱き、猫かわいがりをした。朱音がうんざりした顔をしているのはご愛敬だろう。

「タナセン、この後少し校舎を歩かせてもらっていいっすか？」

「ん、何でだ？」

「朱音が俺やモモの庇護下にあるって示せば、朱音への攻撃はだいぶ減ると思うんだよ。もちろん目立つと厄介だから、噂が広まる程度にだけ――って考えてるんだけど」

「なるほど、有効な手段の一つだな……。ああ、なるべく目立たず校舎を歩きたいからその格好だったのか」

「そういうことっす」

「わかった、いいだろう。できれば職員室近くな。それならいざというときOBが遊びに来たってことで一応言い訳ができる」

真理愛は朱音から離れ、詰め寄った。

「というと、明日から別のメンバーで犯人探しや朱音ちゃんの味方を増やす活動をしたいんですが、それはダメと？」

「ダメとは言わないが、いいとも言えないな」

「タナセン、どういうことだよ？」

「考えてみろ。卒業生がやってきて中学校内を歩き回り、問題を解決ってマズいだろうが。『卒業生がかつての担任を訪れて、たまたま帰り際に後輩たちと会話することになって、そこで問題解決の糸口が見つかった』とか。あとは『卒業生が後輩たちのためにちょっとした座談会をしたら、たまたま証拠が見つかった』とか。これならまあ、な」

「うわー、タナセン。何それ。滅茶苦茶言い訳くさいじゃないっすか」

「公僕には市民に説明できるための建前が大事なんだよ。その代わり会いたいやつとかいたら、声をかけておいてやるから」

　なかなか先生も大変なんだなぁ。

「声をかける予定のやつは俺とクロですでに連絡し始めてるんで、大丈夫っす」

「ま、それならありがてぇな。生徒の交友関係はプライベートな部分だからな。正直かかわりたくねぇんだよ」

「お疲れ様です」

　しみじみと真理愛は言った。

　母親にマネージャー代わりをしてもらっていた俺と違って、真理愛は自分で仕事をさばいていた。だからタナセンの苦労がわかったのだろう。

　無事、先生からの協力を確約してもらえた俺たちは、職員室を出た。

と、そこで待ち受けていたのは――

「うわっ、群青同盟のメンバーだ！」

「すっげ！　生真理愛ちゃん！　可愛い！」

「あれ⁉　なんでこの中学の制服を着てるんすか⁉」

母校の後輩たちだった。

おそらく俺たちの目撃情報が校内に流れたのだろう。運動服の生徒もいて、部活をサボって来たやつもいることがうかがえる。

最近どこ行ってもこのパターンだな。それだけ群青同盟の知名度が上がっているという証明か。

俺は思わず動揺してしまったが、ここはさすがの真理愛。芸能人オーラ全開でニコッと微笑んでみせた。

「皆さん初めまして。桃坂真理愛です☆」

「おおーっ！」

最初の一発でノックアウトといったところだろうか。生徒たちはすでに真理愛の可愛さに釘付けだ。

ふと、真理愛が俺の袖を引っ張って瞬きした。

これは合図だ。しかし何を伝えようとしている……？

真理愛の視線を追うと、少し離れたところにいる生徒たちが目に入った。

真理愛がいるのに、どうして遠巻きで見ているんだ？　単純に輪に入れないだけ？　ただ顔触れを見る限り、内向的というより、むしろ派手で気が強そうに見えるが……。

しかもよく見ると、表情が硬い。舌打ちしているやつもいる。

そういや視線もおかしいな……。俺や真理愛を見ていない……。

あいつらが見ているのは……朱音？

（そうか！　あいつらが、ネットで朱音を叩いているやつらの一部か！）

主犯は間島と思っていたから、即座に思いつかなかった。間島はきっかけに違いないが、朱音アンチがそこに乗っかったから今の状態となったはずだ。

（あいつらの親分が間島……？　いや、繋がりはなく、バラバラで書き込んでいる……？）

全員まとめて取り調べを行えば、間違いなく一人くらいはその辺りの事情を吐くと思うのだが……さすがに何の証拠もなくそんなことはできない。

「どうして急にあの二人が来たんだろう？」

俺たちへ向けたセリフじゃなかった。俺たちを中心とした人だかりの後ろのほうにいた生徒が、すぐ横にいた友達らしき生徒に尋ねた言葉だ。

そんな何気ない言葉を――真理愛は聞き逃さなかった。

「今日学校へ来た理由ですか？」

そう声を上げて、注目を自身へと集める。

「群青同盟の企画で、中学校にかかわるものをする予定なんですよ。ですがモモはあいにく忙しくてほとんど中学校に通えなかったですし、末晴お兄ちゃんも二年前に卒業しています。そうなると現在の中学校や中学生がどんなものなのか調査する必要が出てきまして……こうして末晴お兄ちゃんの母校にお邪魔しているというわけです」

「へ～っ！」

「え、それってドラマとかですか？」

真理愛はクスリと笑って応じた。

「それは秘密です☆」

「お～っ！」

「そっか～。そりゃそうだよな～」

「こういうのって企画倒れになることも多いんですよ。なので正式決定するまでは言えないんです。すみませんね」

そうやって解説しながら、真理愛は背後から朱音の両肩に手を置いた。

「あと朱音ちゃんが中学校でどんな風にしているのか見てみたかった、という気持ちもあったんですよ」

「え、そうなの、モモねぇ」

「「「モモねぇ!?」」」


周囲から驚きの声が上がる。

まあ当然だろう。俺と志田家が近しいのは有名だが、真理愛と朱音が親しいなんて誰も知らない。というか仲良くなったと言えるのも一時間ほど前からだから、昨日の俺が聞いてもびっくりするセリフだ。

また『モモねぇ』という単語が強い。単純な響きだが、誰もが相当な親しさだと思うだろう。

「モモたち仲良しですもんね～。ね、朱音ちゃん？」

「まあ、そこそこ」

「そこそこ……。ふふふ、そういう朱音ちゃんだからこそ、落としがいがありますね☆」

朱音は嫌そうな顔をしているが、真理愛はご満悦の表情で朱音の頭を撫でている。

「別に頭を撫でなくていい」

「いいじゃないですか、撫でたいんだから。まあモモと末晴お兄ちゃんが兄妹、末晴お兄ちゃんと朱音ちゃんもまた兄妹。だとしたらモモと朱音ちゃんは姉妹に決まってますよね～」

朱音の頬に自らの頬を押し付けて猫可愛がりする真理愛。やや嫌そうだが、顔色を変えずされるがままの朱音。

そんな二人を見て、周囲からため息が漏れ出た。

「はわわ、美少女二人……」

「可愛すぎる……」

「尊い……」

俺は二人の様子を眺めつつ、遠巻きのアンチ朱音連中にも意識を払っていた。

真理愛が朱音の味方とわかり、朱音アンチは危機感を覚えたのだろう。目を逸らしたり、眉間に皺を寄せたり――露骨に動揺していた。

「あ、そうだ。末晴お兄ちゃん。制服姿の朱音ちゃんと写真を撮りたいのですが」

「ん？　わかった」

「念のため、いろんな角度から、多めに撮ってもらっていいですか？」

「ああ」

ちょっと不自然に感じたが、おかしな話題でもないので俺は頷いた。

真理愛は朱音の肩をコントロールし、取り巻きの間を割って移動した。

向かった先は、遠巻きがいた方向だ。

途中でくるりと反転し、俺に向けてポーズを取る真理愛だったが、その際目配せをしてきた。

合図？　今度の意図は何だ？

（――そうか）

真理愛は繰り返し背後を気にしている。

その背後にいるのは――朱音アンチと思われる集団。

朱音と一緒に写真を撮る振りをして、遠巻きにいる朱音アンチの写真を撮りたい――これが真意だろう。

万が一間違えても、別に真理愛と朱音のツーショットならいつでも撮り直しができる。

ならば俺がすることは、朱音アンチ集団をカメラに収めることだ。

「よーし、撮るぞ！」

俺は手早くシャッターを切った。動きつつ、角度を変えつつ、なるべく朱音アンチの顔が写るよう何枚も撮る。

ある程度撮ると真理愛も満足したようで、意味もわからず巻き込まれて不機嫌そうにしている朱音を解放した。

「じゃあ――他に撮りたい人、いますか？　もちろん、ＳＮＳで公開しないと約束いただける方限定ですが」

真理愛はそう微笑んだ。

当然、数ヶ月前までガチ芸能人だった真理愛と写真を撮りたいかと問われれば、全員撮りたいに決まっている。

「撮りたいです！」

「あ、オレも！」

生徒たちが一気に真理愛に群がった。

落ち着き払って対処する真理愛だったが、一度振り返った。

目標は――先ほど密かに写真に収めた朱音アンチの生徒たちだ。

「――あなたたちも写真……一緒に撮りますか？」

まさか直接声をかけられると思っていなかったのだろう。

彼らはビクッと身体を震わせると、気まずそうにその場を去っていった。

（――さすがモモ）

俺は思わず笑ってしまった。

相手に反撃の糸口さえ与えぬ、電光石火の一撃だった。

＊

翌日の放課後、俺と黒羽は一度帰宅した後、互いに中学時代の制服に着替えてから再び集合した。もちろん制服はコートで隠している。

そうして並んで中学校までの道のりを二人で歩いた。

今と同じで、黒羽と登校するのはテスト前やイベントがある日だけだった。

(懐かしいな……)

だとしても中学校三年間で五十回以上、二人で向かったことになる。

「ハル、今日中学であたしたちの案内をするのは蒼依だから」

「あ、そうなんだ」

俺たちが中学に行く際、必ず碧、蒼依、朱音のうちの誰かが傍にいることになっている。なぜならOB、OGだけで中学校にいると勝手な解釈をする人が出てくる可能性があるので、在校生が傍にいることで先生からのお墨付きがあることを暗に示しているのだ。

「何でアオイちゃんなんだ?」

碧、蒼依、朱音のうちでダントツに暇なのは朱音だ。部活に入っていないし、受験生でもない。

だから昨日は案内役だったし、当事者なのだから俺たちが傍にいたほうが放課後だけでも確実に安全に過ごせると思うのだが……。

「今日はね、『OB、OGの交流会』って体裁で味方になってくれそうな人たちの話を聞くでしょ? その中には今まで朱音と接点がなかった人もいるし、目立つことなく裏方で……例えばネット上だけで援護する書き込みをしたり、情報提供だけしたりしたいって人もいるの。そういう人は朱音と顔を合わせたくないから、味方の取りまとめをやってくれてる人間……蒼依の同席がベストなの」

「なるほどなぁ」

　言われてみれば、わからなくはない。

　俺だって、もし不当にネットで叩かれている人がいたら味方になってあげたいと思うだろう。しかし顔を合わせたいかと言えば違う。こっそり味方をするからこそやりやすいし、気楽だ。

「アオイちゃんとは調整が済んでるのか？」

「うん。蒼依には今日、家庭科室を借りてもらったの。あそこ、放課後は基本空いてるし、結構広いし」

「あー、なるほど。あそこはちょうどいいよな」

　調理部みたいな部活があれば違うのかもしれないが、六条中学校にそんなものはない。しかもかなり校舎の端っこにあり、校内でもっとも人気が少ない場所の一つだ。こっそり情報収集をするのには最適だろう。

　あ、と黒羽は思いついたように言った。

「せっかく家庭科室が借りられたんだし、後輩たちのためにお菓子でも作ってあげようか？」

「――やめてくれ」

　俺は真顔になり、必死に訴えた。

「お願いだ、勘弁してくれ」

「もーっ、料理のことになると、ハル、いっつもひどいんだから」

俺は大きくため息をついた。

『もーっ』と言っている以上、口ほどに黒羽は怒っていない。ただ不満であることには間違いないようで、口を膨らませてむくれている。

「だがお菓子自体はいい案だから、コンビニで適当に買っていこうぜ」

人間楽しいほうが口が軽くなるし、協力したいと思う気持ちも湧いてくる。

「うん、そうしようって言おうと思っていたところ」

ということで途中コンビニに寄り、適当なお菓子、その他ドリンクや紙コップも合わせて購入した。

レジ袋を片手に学校へ向かいつつ、話す。

「蒼依が情報提供者や味方になってくれそうな人を順番に家庭科室に入れてくれることになっているの。あたしたちは基本、家庭科室で待っていて、話を聞けば大丈夫よ」

「いろいろやってくれて、アオイちゃんには感謝だな」

聞かずともわかる。蒼依がもっとも朱音のために骨を折っているって。

蒼依と朱音は双子同士で、互いに信頼し合っている。

朱音の危機に蒼依が動かないはずがない。

天使のようなあの子のことだ。全力で助けようとする姿が容易に思い浮かんだ。

「蒼依にとって朱音は……妹で、親友で、誇りで――もう一人の自分だから」

「……そうだな」

そうこう話している間に中学校にたどり着いた。人目につかないよう裏口に回る。

昨日すでに先生に挨拶は済ませているので、今日は家庭科室に直行だ。

校舎に入る直前、蒼依ちゃんが家庭科室の窓辺で一人佇んでいるのが見えた。

「っ――」

普段の俺なら、何の遠慮もなく声をかける。

でも今の蒼依には声をかけづらい空気があった。

(アオイちゃんにこんなに大人っぽいところがあったのか……)

瞳に帯びる哀愁。その視線はどこか遠く、物悲しく、風で可愛らしいツインテールが揺れる様がなぜか胸を締め付ける。

女の子は成長が速いと言うが、特にこの時期の女の子はそうなのかもしれない。

「蒼依」

窓越しに黒羽が声をかけると、蒼依が顔を上げた。

「くろ姉さん！　はる兄さん！」

ああ、すでにいつもの――年相応の――天使のような微笑みだ。

まるで白昼夢を見てしまったような心境だった。

「鍵は開けてありますので。あ、人がいないか廊下見てきます」

「あ、ああ……うん、ありがと、アオイちゃん」

「ハル、こっちに生徒が来てる。逆側から行こ」

黒羽に袖を引かれ、俺たちは少し遠回りをして家庭科室に入った。

「わあっ、たくさんお菓子買ってきてくれたんですね！　みんな喜びます！」

出迎えてくれた蒼依はそう言った。

自分ではなく、まず『みんな』と言い出すところがこの子らしい。

「アオイちゃん、好きなの一つ選んで。アオイちゃんと話をするときまで取っておくからさ」

「え、でも、それだとそのお菓子を好きな人が……」

「先に取っておけば、そのお菓子があったことなんて誰もわからないさ」

「た、確かに……。じゃ、じゃあこれを――」

蒼依が選んだのは、クッキーとチョコレートが組み合わさった、人気が高い名作お菓子だ。

「よしよし、じゃあこれは隠しておこう」

俺は着席した机にある引き出しに入れておいた。

「ハル、お菓子食べすぎちゃダメだよ？　夕飯食べられなくなっちゃう」

「わかってるって。ってか、俺にだけ言うのかよ」

「だって蒼依は言わなくてもわかってるしー」

と言いつつ、黒羽は俺の手をそっと握った。ソフトタッチコミュニケーションだ。

「っ――」

あいかわらず黒羽はところかまわず……。

お前……妹の前だぞ！　と声が喉まで出かかったが、何とかこらえた。

しかし黒羽はシレッとしたままだ。

「ハル、どうかしたの？」

俺はこれほどの背徳感を味わっているのに――何というふてぶてしさだろうか。まったくジャイアニズムならぬ、お姉ちゃニズムと言わんばかりに、時に黒羽は俺を振り回す。やはり黒羽の俺を弄ぶ手腕は底が知れない……。

俺はそっと握り返し、恨めしげににらみつけた。すでに骨抜きにされているので、我ながら反抗が弱々しい。

黒羽は満足したのだろう。ふふん、と鼻を高くした。

「あ、あの、一番最初に来てくれるの、わたしの友達なんですけど、部活を抜け出してきてくれるって言ってたので、見てきます」

ペコリ、と蒼依が頭を下げて小走りに出ていく。

その頬はほんのり赤かった。

(これは――)

俺はジト目で黒羽を見た。

「おい、クロ。あれ、アオイちゃんにバレたんじゃないのか？」

「かもね」

「かもねって、そんな簡単に……。何であんなことしたんだよ？」

「ダメ？」

「ダメっていうか……」

「だって最近、ハルと触れ合う時間が少ないんだもん」

「っっ――」

また黒羽が手を繋いでくる。連続のソフトタッチコミュニケーションだ。

ただささっきの不意打ちと違って、今は二人きり。それだけにゆっくりと堪能できてしまう。

それで気がついた。なんだか『過去に戻って、なかった青春を取り戻しているみたいだ』って。

黒羽は童顔だ。そのおかげか、中学校時代の制服をかつてと同じように着こなし、しかも当時の記憶そのままの姿だ。それだけに今、中学生に戻ったような気持ちになってしまう。

ただ一つだけ違うところがある。

色気、だ。

当時の黒羽はこんなに大人の表情をしなかった。『触れ合う時間が少ないんだもん』と言う黒羽からは脳をとろかすような魅力が出ている。中学時代の制服を着ていることもあって、時空が歪み精神が桃色に汚染されているみたいだ。

「ちょ、せ、接触多すぎ……っ！」

俺は懸命に理性を働かせてつぶやいた。

「こうして軽く触れるのはいいんじゃなかったの？」

「そ、それは家族みたいな触り方だったから！　今は俺が色気に流されちゃダメだから、接触を避けてるんだよ！」

「まあいいじゃん」

「よくねぇよ！」

あ、ヤバい……黒羽のスイッチが入りかけてる……。

黒羽の頬は紅潮し、色気が全身から発せられていた。まぶたはとろんと落ちているのに、獲物を狙う肉食獣のような鋭い目をしている。

「お、落ち着こう、クロ……。ここは話し合いが大切だろう……」

「話し合い……？　ちょっとそういう気分じゃないかな」

「いやいやいや、人間は話し合いで理解し合ってきたんだ。そうだろ？」

「まあそれは置いといて」

「置いといちゃダメだって⁉」

俺と黒羽は家庭科室で並んで座っている。

立てば簡単に逃げられるのだが、残念なことに手が繋がっていて、これを何とかしないと離れられない。

かといってそもそも手を繋がれていること自体嫌ではないし、無理やり振りほどくのは可哀そうな感じがしている。

そうしてどうしようか迷っている間にも、黒羽は俺に迫ってきていた。

繋いだ手を引き寄せ、空いた手で俺のあごに触れる。

黒羽はゆっくりとあごを指でなぞり、俺の背中に快感が走った。

「く、クロ、それはダメだって！」

「何で？」

「何でと言われても――」

「あ～、ハル、うるさい。話し合いじゃなくても、理解し合う方法があるって教えてあげる」

すーっと黒羽が俺に顔を近づけてくる。

あ、こ、これは、かなりマズい……。

あれだけ接触を拒み、理性を保たなきゃと思っていたのに、頭が回転しない。

『こんななし崩しの展開で彼女を選んでいいのですか？』

天使が囁く。まったくの正論だ。

『はぁ？　何を言ってんだか。お前程度のやつがこんなに可愛い子といい感じになるチャンス、今度いつあるかわかんねぇんだぞ？　据え膳食わぬは男の恥って言葉があってな。とにかくおいしい思いをしてから後で考えればいいんだよ』

強い！　いつもながら悪魔さんの破壊力が半端ない！

しかし理性が言っている。天使の意見をよく聞け、と。

「ほら、動かないの」

黒羽にくいっとあごを持ち上げられる。

そしてそのまま顔を固定され、俺と黒羽の唇が近づき――

「わーっわーっ、すごーいっ！」

そんな言葉が聞こえてきて、俺と黒羽は固まった。

声は廊下からだ。

よく見ると、家庭科室の扉が少しだけ開き、蒼依と見知らぬ女の子が目だけ出していた。

声の主は蒼依ではないので、この見知らぬ女の子が言ったのだろう。

「お、お邪魔してすみません……大事な場面なのはわかってるんですが……そ、そろそろいいでしょうか……？」

蒼依の顔は真っ赤だ。なお、連れてきた女の子も俺と目が合うと、赤面して露骨に視線を逸らしていた。

……あの、これってさぁ——

「あ、アオイちゃん……もしかして……見てた？」

「あ、あの、お二人とも懐かしい格好になっていますし、ついつい当時できなかった思い出を取り戻そうと盛り上がってしまったのかな、って……ねっ？」

「……うん。ラブラブが凄すぎて、こっちまでドキドキしちゃったよね……」

蒼依の友達であろう女の子がもじもじしながら蒼依に同調する。

蒼依は真顔で言った。

「はる兄さん、くろ姉さん……お二人のやり取りは女子中学生には毒というか、見ているこっちのほうが恥ずかしくて辛いので、そろそろご勘弁いただけないでしょうか……？」

横にいる蒼依の友達が真っ赤なまま頷く。

黒羽の様子をうかがうと、俺や蒼依から顔を背けつつ、髪の乱れを直していた。何やら生々しい反応だが、とにかく黒羽からは弁明するつもりはないらしい。

「…………ごめん、マジで！」

俺は土下座をして許しを請うことにした。

＊

二時間後——

「……大体こんなものか」

「そうだね」

黒羽や蒼依が集めてくれた信頼できるメンバーからの情報収集が一通り終わった。

「あたしがまとめた情報、確認してみて」

紙を手渡される。

俺は頷いて紙に視線を落とした。

〇今回の問題について、ほとんどの生徒が朱音に同情的。

〇同情的な雰囲気ができたのは、まち掲示板に卑劣な嘘情報が書かれたため。告白騒ぎのときは単なる噂話の一つだった。

〇主犯は三年の間島だという噂。証拠はないが、今までの言動からほぼ確定と思われる。

〇ただし間島だけではここまでいろんな書き込みができるとは思えず、朱音アンチが絡んでいることもまた確定と思われる。

俺は頭を無造作に掻いた。

「う〜ん、今のところ予想していたことを確認できた、って程度か……」

「それよりも朱音の味方をしてくれる人のグループができたのが何よりよ」

俺は頷いた。

今日来てくれた生徒たちは、皆積極的に朱音の力になりたいと言ってくれた。掲示板にあんなこと書くなんてひどい、情報があれば提供するし、何でも協力する、と言ってくれた女子生徒もいた。朱音に惚れているのか、もし変なやつに絡まれれば必ず助けるから任せて欲しい、と言ってきた男子生徒もいた。

「二人とも人徳あるなぁ」

俺は思わずそうつぶやいていた。

「それってあたしと蒼依ってこと？」

「ああ。今日のメンツ、クロとアオイちゃんが声をかけて集めたんだろ？　みんな頼もしいし、優しくていいやつばかりだった。だから、と思って」

「そ、そんなことないですよ、はる兄さん……」

真っ赤になって蒼依は謙遜する。

対して黒羽はニコッと笑った。

「ありがと。そう言ってもらえると自分の目を褒められてるみたいで嬉しいな。蒼依も謙遜は悪いことじゃないけど、過剰になるとよくないから、褒められたら喜ぶくらいでいいと思うよ」

黒羽と蒼依の会話を聞いていると、ちょこちょこ黒羽の姉らしさが出てくるな。お説教にならない程度のアドバイスをする様は、妹のことを大切にしているんだなって感じられて俺は好きだった。

「そ、そうですね……」

蒼依はコホンと咳をして、改めて言い直した。

「ありがとうございます。わたし、今日連れてきた友達たちが大好きなので、褒めてもらって嬉しいです」

「……そっか」

あいかわらずこの子は天使だ。

「そういえば蒼依、グループの統括を任せちゃってごめんね」

「これくらいやるのは当たり前ですよ、くろ姉さん。わたしだってあかねちゃんの力になりたいんですから」

グループ統括とは、中学校内にいる協力者の情報管理や一斉連絡などをするのが役目だ。これはやはり俺たちがやるより、校内にいる誰かがやったほうが、いざというとき初動が速い。なので蒼依に任せることになったのだった。

「哲彦のほうもうまくやってくれてるみたいだな。『通報しました』に結構ビビってる雰囲気があるぞ」

俺は携帯でまち掲示板を見ていた。今日から哲彦も動き出すと聞いていたから、情報収集が終わった今、確認してみたのだ。すると朱音擁護やアンチ叩きの書き込みが大量投稿され、アンチたちは息も絶え絶えという様になっていた。

「今日からモモさんも哲彦くんを手伝っているんだっけ？」

「ああ。運営に圧力をかけるって言ってたからな。お！　お前らの目線入り写真が掲載されてた板が消えてる！」

「さすが哲彦くんとモモさん、仕事早い。こういうとき頼りになるね」

「感謝しなきゃな」

「うん。ホットライングループの人たちにもね。あたしから朱音にはよく感謝するよう話しておくよ」

「そうだな」

そんなとき、女子生徒がそっと扉を開けて中の様子をうかがってきた。

「あのー、黒羽先輩……」

「あ、ゆきちゃん！　今日はありがとね！」

彼女は先ほど話を聞いたうちの一人で、黒羽のバドミントン部の後輩だという。部活を抜け出してきていたので、話が終わった後すぐに戻っていた。きっと部活が終わったので、改めてやってきたのだろう。

よく見ると、彼女の他にも数人集まっている。皆、黒羽の後輩に違いない。

「ちょっとごめんね、ハル」

「いいよ、好きなだけ話してこい。ここでゆっくり待ってるから」

「ありがと」

黒羽が廊下に出ると、きゃぁ～と再会を喜ぶ黄色い声が上がった。女の子ってこういうときテンション高いよな。

「はる兄さん、お疲れさまでした」

そう言って蒼依は紙コップに入ったお茶を差し出してきた。あいかわらず気が利く。

「アオイちゃんも気が張って大変だっただろ」

「いえいえ、あかねちゃんのためと思えば、疲れなんて」

俺が紙コップにお茶を入れてお返しをすると、蒼依は顔をほころばせて口をつけた。

「しかし、アオイちゃんってやっぱり人気凄いんだな」

「ぶぶっ！」

蒼依が噴き出した。紙コップに口をつけたままだったから、周囲には飛び散らなかったが、はねて顔がびしゃびしゃだ。

……なんていうか、天使にしては盛大にやってしまった感がある。

蒼依は咳払いすると、意外にも冷静な感じで顔をハンカチで拭き、俺に言った。

「にゃんでもにゃいです」

「わかったにゃん」

俺が真顔で返すと、ひぐっと蒼依は声を上げた。

まあ『何でもないです』って言って、ごまかしたかったんだろうな。

気持ちはわかる。だが現実はうまくいかなかった。蒼依にとっては残念なことだろうが、俺は楽しい反応ありがとうといった感じだ。

思わず『にゃん』をつけて返したのは、蒼依の言い方があまりにも可愛かったからだった。

だがそのせいであおっていると感じてしまったようだ。

蒼依は首筋まで真っ赤になると、拭いたハンカチで俺の肩をペチペチと叩いた。

「も〜っ！　も〜っ！　も〜っ！」

「悪かった！　からかうつもりなんてなかったんだって！」

「じゃ、じゃあどういうつもりなんですか！」

「さっきの返しはとっさにやっちゃっただけで！　それより話したかったのは、今、全校生徒で一番人気はダントツでアオイちゃんだったんだな、ってことなんだ」

「ふぃぅ！」

蒼依は謎の声を上げて硬直した。基本自信がなく、過剰なほど謙虚な天使にとって、人気があるという情報は相当にプレッシャーだったようだ。

「さっきアオイちゃんの友達が連れてきた男子生徒が言ってただろ？　現在六条中学校はグリーンボンバーなる碧派、ブルーオーシャンなる蒼依派、レッドアカデミーなる朱音派によって人気は三分されている……とか」

グリーンボンバー、ブルーオーシャン、レッドアカデミーは裏で活動しているファンクラブ名らしい。誰がつけたかは知らないが、碧にボンバーとつけたセンスを俺は褒めてやりたいところだ。

「その中でも最大規模がブルーオーシャンらしいじゃん。それならやっぱりアオイちゃんが一番人気ってことだろ？」

蒼依派は三国志で言えば魏。天下統一大本命レベルとのことだ。

蒼依の次に男子人気が高いのは朱音で、僅差の三番手が碧とのことだが、朱音が女子にアンチが多いのに対し、碧は後輩女子から圧倒的な人気があるという。なのでもし男女統一で人気投票をやれば、碧は朱音を上回り、蒼依とさえいい勝負をするだろう――とのことだった。

なお、朱音にはアンチが多いものの、朱音ファンの熱狂度と連携は圧倒的にナンバーワンだという。人気投票では負けても課金勝負なら負けない、と意味不明なことを言っていた。

先ほど『変なやつに絡まれれば必ず助ける』と言っていたのはそんな朱音ファンの一人の徳

って いた。

山という男の子で、彼はレッドアカデミーに協力を呼びかけ、校内での守りは完璧にすると言っていた。

「あ、あの、はる兄さん！　わたしはきっとくろ姉さんやみどり姉さんの妹ということで持ち上げてもらっているだけで！　そもそもあかねちゃんのほうがすっごく可愛いですし！」

あいかわらず自分のことを後回しにし、他人を過剰に褒めようとする。

なので俺は正面から言ってやった。

「甲乙つける気はないけど、アオイちゃんは一番人気にふさわしいくらい可愛いぞ」

「はわわわ、そそ、そんな……」

「性格もそうやって恥ずかしがり屋で謙虚だし、とても優しい。今日だってアカネのために一生懸命だったもんな。人気があるとこ、そういうところだろう。わかるよ」

「はは、はる兄さん……っ！」

蒼依は目をグルグルと回している。凄く褒めたのに、むしろ混乱させてしまった感じがあるのはなぜだろうか。

俺は蒼依の人気が高いと知って嬉しかった。自慢の妹が周囲から褒められているのだ。こんなに嬉しいことはない。だからこそ素直に受け取って喜んで欲しかっただけなのだが。

「中一でこんな風なんだから、数年もすればもっと凄いことになりそうだな……」

「それを言うならはる兄さんのほうが凄いですよ……！　もしかしたら日本一のスターになる

可能性だって……」

「俺？　ないない。だって俺、イケメン俳優枠じゃないし」

「でも主役をたくさんやってました」

「あのときは子役だったしなぁ。まあ大人になっても主役ってイケメンじゃない設定も多いから、もしかしたらやらせてもらえるかもしれないけど」

「これはわたしの確信に近いんですが、きっとはる兄さんはスターになってしまうんじゃないかって……わたしの手の届かない、遠くへ行ってしまうんじゃないかって……不安になることがあるんです」

蒼依が寂しそうな瞳をする。

俺は元気づけるためにも、明るく言った。

「いや、それよりもアオイちゃんが芸能界で活躍するほうが可能性高いだろ。こんだけ可愛いんだし」

「ひぅ！」

蒼依は飛び上がらんばかりに背筋を伸ばし、硬直した。

こうやって推すのは、蒼依に自信をつけさせたいためだ。芸能界に行けるほど可愛いし、魅力があるってことを暗に言いたかった。

実のところ蒼依に芸能界が向いているかと言えば、向いていないと思っている。

容姿は十分通用するだろうが、性格がネックだ。真理愛くらいしたたかでないと芸能界では成功できないだろう。

そういう意味では黒羽も向いていない。容姿も性格も通用すると思っているのだが、本人にやる気がない。そしてそのやる気こそが一番大事な要素であって、どれほど適性があっても俺が黒羽に無理強いさせないのは、やる気がなければ絶対に長続きしない業界だからだった。

「芸能界に興味ある？　もし希望があれば知り合いに——」

「なな、ないです！　まったくないです！　そんな、わたしなんかがおこがましい！」

蒼依は両手を突き出し、わちゃわちゃしながら拒否をする。

こういうこと、朱音もやってたな。さすが双子の姉妹だ。

「まあ興味が出たらいつでも言ってくれていいから」

「だから興味ないですって！」

「え～、アオイちゃんが可愛い格好をしているの見てみたいのに。制服姿がいつもと随分雰囲気違って可愛いからさ。なんならナース服とか、メイド服とか着てみないか？」

「わたしは着せ替え人形じゃありません！　はる兄さんは本当にえっちなんですから！　も～っ！　も～っ！　も～っ！」

どうやらからかいすぎてしまったらしい。蒼依は羞恥を通り越し、怒りに到達してしまったようだ。

ぺちぺちと肩を叩かれるが、やっぱり痛くない。

そしてやっぱり鼻にかかった『も～っ！』が可愛い。甘えとすねた感情が混じってる。叩く力が弱いのもあって、怒られているというよりウサギがじゃれてきているような感覚だ。

なので俺はつい笑ってしまった。

「あはは、悪い悪い！」

「はる兄さん、絶対悪いって思ってないですよね！」

「悪いと思ってるって。からかうと可愛いなって思う気持ちが九割だけど」

「も、もも、も～っ！　わたしなんかにそんな可愛いを連発して……」

「ダメだった？」

「だだ、ダメとかそういう問題ではなく、可愛いと言ってもらえるのはかなり嬉しいのでもっと言ってくれても……ではなく！　そもそも一割しか悪いと思ってないところが問題かと！」

「違うぞ、アオイちゃん！　残る一割は、アオイちゃんをからかうと超楽しい！　って意味だぞ！」

「やっぱり悪いって思ってないじゃないですかぁぁぁぁ！」

ポカポカと叩いてくる蒼依。

天使なこの子をからかうのは罪悪感を伴うが、からかえばからかうほどより可愛いリアクションが見られるからやめられないという背徳ループについつい陥ってしまうのがヤバい。

俺はこれ以上嫌われないようにしなきゃと思い、話題を変えた。

「そういやアオイちゃんは好きなやつ、いないのか？」

「！」

蒼依の手が止まる。俺の胸を叩いたのはいいが、そのまま胸に触れた状態で止まってしまった。

「これだけモテるんだったら、選り取り見取りだぞ？　同じことアカネにも言ったけどさ、アオイちゃんも身近な家族が女ばかりって境遇だし。男の気持ちがわかりにくいなら、俺が恋愛相談に乗るぞ」

蒼依は俺の胸に手を置いたまま、うつむいてしまっている。

表情が見えないし、リアクションが想像とだいぶ違う。俺の予想では『まだまだ恋愛なんて早いです……』とか『そ、それはちょっとまだ言えません……』とか、どちらにしろ照れる方向の反応だった。

ひゅっと冷たい風が吹く。

蒼依は顔を上げた。天使のような笑顔だった。

「――いませんよ」

「えっ？」

「好きな人なんて、いません――」

可憐で、引っ込み思案で、心優しい蒼依。

そんな彼女が笑顔で否定する姿に、俺はなぜか悪寒を覚えた。

蒼依は再びうつむき、表情を隠したまま口を開いた。

彼女のものとは思えないほど、深刻で低い声だった。

「それよりはる兄さんは、どうしてさっきくろ姉さんとキスをしなかったんですか？　あんなにいい感じだったのに」

「いっ⁉」

俺はあのときのことを思い起こし、顔が熱くなった。

「あ、あれは……っ！」

「くろ姉さんは魅力的な女性です。アタックがあれば、ある程度流されたり、迷ったりしてしまうことは仕方がないと思います。でも――」

蒼依は顔を上げた。

泣きそうな表情だった。

「他に気になる女性がいるのに、流されるのはやっぱり不誠実です」

「っ！」

胸をえぐるようなセリフ。

血の気が引き、何か言わなきゃと思っているのに、言葉にならなかった。

「流されるのなら、わたしのことだって——」

蒼依は一度深呼吸をすると、改めて俺の目を見て言った。

「——はる兄さん、少しだけでいいんです。わたしも見てくれませんか？」


「えっ……？」

どういう意味か摑めない。

『不誠実』

『流されるのならわたしも』

『少しだけでも見て』

そのすぐ前には好きな人がいないとも言っていた。どうにも一つ一つのセリフが矛盾しているように感じられ、一つの解釈が浮かぶたびに、別の言葉が打ち消してしまう。

「それは——」

「あ、待たせてごめんね！　帰ろっか！」

確認しかけたところで黒羽が戻ってきた。

蒼依は暗い顔から一転、にっこりといつものような天使の笑顔を浮かべた。

「はい、くろ姉さん。帰りましょう」

その笑顔が完璧すぎて、先ほどの蒼依とのやり取りは夢だったんじゃないだろうか——そんな思いに俺は襲われた。

＊

黒羽と母校へ行ってからさして時間がかからず、蒼依から犯人の確定情報がもたらされたとの連絡があった。

『犯人は当初の推測通り、あかねちゃんが告白を保留してしまった、間島先輩で確定です』

情報をもたらしてくれたのは蒼依の友達の紹介でグループに入っていた三年の男子生徒、徳山だ。彼は浅黒い肌をしていて『変なやつに絡まれれば必ず助けるから任せて欲しい』と熱烈に語っていた朱音ファンということで俺は覚えていた。

徳山はグループ外の生徒への聞き込みを積極的に行ってくれて、その結果間島に脅されて朱音を叩く書き込みをさせられた、という女子の証言を取ってきたのだ。

『いいから書け！　って言われて……このことを誰かに話したらボコボコにするって脅されて……怖くて誰にも言えなくて……』

徳山が送ってくれた音声ファイルには、嗚咽混じりの女子生徒の声が入っていた。

これを受けて、哲彦は群青同盟のメンバーを招集した。

「明日の放課後、間島の身柄を押さえるぞ」

部室に集まった群青同盟のメンバー一同を見やり、哲彦は続けた。

「で、この音声を突きつけ、仲間ややり口に関して自白させる。書き込みを全部削除させ、朱音ちゃんに謝罪させることも必要だな。再犯しないよう脅しもかけておきたいところだ」

「え、それってさ、高校生が中学生一人を取り囲んで、『ちょっとこっちに来てくれる～？』みたいなことをするってことか？　相手がいくらリーゼントでも、犯罪臭半端なくね？　タナセンにこの音声をリークするだけじゃダメなのか？」

「確かに、あたしもハルの言う通りだと思うな」

「そうですね」

すぐさま黒羽と真理愛が賛同してくれた。

しかし哲彦は首を左右に振った。

「相手は学校一の不良なんだろ？　センコーが注意するだけでやめるのか？　無理やり全部書き込みを削除させたとしても、またやるだけじゃね？」

「うっ、それは……」

俺は反論が出てこなかった。

「ネット系の問題で厄介なのが、犯人を見つけることもそうだが、再犯防止が難しいことも挙げられる。一番怖いのは、逆上してさらに過激な行動を取ってくることだな。追い詰めるならきっちり、しかも二度とやらないように脅しをかけとく必要がある」

「なるほど」

確かに今、書き込みがあるのはまち掲示板というマイナーなところ。しかも画像を貼っても目線を入れてあるなど、ギリギリのところで踏みとどまっていると言える。

もっと悪辣な行動なんて簡単だ。哲彦の言う通り、動くなら再犯がないようしっかりやる必要があるだろう。

「じゃあ具体的にはどんな感じでやるんだ？」

「その辺りは可知に策を練ってもらった」

白草は犯人追及の係。

哲彦は説明役のバトンを渡すと、自身は椅子に座った。バトンを受け取った白草は立ち上がり、持っていた紙をメンバーに配布した。

「この案は私が原案を出しつつ、甲斐くんにチェックしてもらって練り上げたものよ」

白草はポンッと軽く紙を叩いた。

「さっきも甲斐くんから話があったように今回の作戦には二つのポイントがあるわ。一つは『現在のネットでの書き込みを認めさせ、書き込みの削除及び謝罪をさせること』。もう一つは『二度とこんなことをさせないようにすること』。そのうち前者はこれだけの証拠があるのだから難しいと考えていないわ」

「まあ確かに」

本人がかたくなに認めないって可能性もあるが、女の子の泣き声混じりの音声のインパクトは強い。否定するほど立場は悪くなっていくだろう。

「難しいのは後者よ。再犯させないため、必要と思われる条件がいくつかあるの。紙を見て」

白草に促され、俺は配布された紙に視線を落とした。条件については、上のほうにしっかりと四角で囲われていた。

「まず『問い詰める際はなるべく大人数でやること』。人数は力よ。相手は暴力的な人間。逆上して殴りかかってくるかもしれないし、例えば私一人で問い詰めてもまったく怖がらず、口先だけの謝罪で逃げようとするかもしれない。また多くの人が見ているところで犯行を認めた、といった点も重要よ。今後再犯した際、発見も早くなるし早期に叩き潰すこともできるはずだわ」

「これ以上の復讐は無駄、むしろやると自分が危うい、と思わせることが大事なんだな」

「スーちゃんの言う通りよ」

そうだよな。いくら復讐してやろうと思っても、やるリスクがあまりにも高ければ及び腰になるに違いない。

（……ん、復讐？）

無意識に発した自分の言葉だったが、脳の奥にガリッと引っかかった。

（あー、間島がやっていることって、振られた女の子を苦しめてやろうってやつだから、つまり復讐か……）

復讐したい気持ちはわかる。わかってしまう。

お前も白草を逆恨みして復讐しようとしてただろ！　復讐しようとしているやつを問い詰める資格はあるのか！　と言われれば、『あ、はい、ごめんなさい』としか言えない。

だが一応自己弁護をしていいのなら、俺は嘘をバラまいて貶めようとまではしなかった。世界に配信されてしまうネットも使わなかったし、関係者以外にまで迷惑をかけようとはしなかった。今回で言えば、朱音の姉たちの写真も一部出ていたから、さすがにやりすぎ感がある。

限度を超えてしまっている部分については、きっちりと問い詰めたいところだ。

あとどんな理由があっても、妹みたいに可愛がっている朱音が苦しめられるのは許せない。

自分のことを棚に上げても、それだけは譲れなかった。

「次に『問い詰める場所を校門にすること』。校内は学校の管轄内だし、何かと問題があるわ。でも多くの生徒たちにこの場面に立ち会ってもらいたい。その落としどころが校門を出たところというわけ」

「まあそこなら帰宅する生徒が通るから、みんな自然と足を止めるよな」

「そう、それが狙いよ」

繁華街で間島を見つけて問い詰めても、抑止力としてはイマイチだ。やはり間島の傍にいる六条中学校の生徒が見てこそ効力がある。

「校門で問い詰める際の問題点として、校門には正門と裏門があること、しっかり包囲網を敷かないと走って逃げられる可能性があること、などがあるわ」

俺が黒羽や真理愛と学校に行った際は裏門を使っていた。

「同じ『校門で問い詰める』でも、大人数に見せることを目標としている以上、裏門では効力が薄れるわ。できれば正門で問い詰めたい。調べてみたところ、彼の自宅へは正門を出たほうが近いけれど、裏門を使って帰ることもよくあるそうよ」

「それ厄介だな。包囲網をどっちかに絞れないと、逃げられる可能性が高くなるだろ」

包囲網を二か所にしたら、一か所に割り当てられる人数は半分。それはきつい。

「そうなの。だから校内にいる彼を、正門まで誘導するという手段を考えているわ」

「まあそれなら包囲網を正門だけに張ればいいしな。誰がやるんだ？」

「私とスーちゃん……中学生側の協力者は碧ちゃんが適任と考えているわ。最悪喧嘩沙汰の可能性があるから、運動が得意なメンバーをチョイスしたつもりよ」

「それなら哲彦は校内組じゃないのか？」

喧嘩になりそうなら、普通俺と哲彦を選ぶのが自然だろう。

「オレは包囲網の陣頭指揮があるからな。オレの予想としちゃ、むしろ包囲網のほうが危険が高い。校内なら何かあればすぐにセンコーが来るだろうし、逃げても無理に追う必要はねぇからな」

　あー、確かに包囲網のほうに追える人間が欲しいか。

「了解した。校内のほうは任せてくれ」

「そうなると問題点としては、校内でどのように接触を図るかという部分ですね」

　真理愛のつぶやきに、白草は頷いた。

「そうね。現在の案としては、碧ちゃんが同じクラスだから後をつけ、逐一連絡を入れつつ、人気が少ないところで声をかけることになっているわ」

「不可能ではないと思うけれど、厳しくない？　あの子、二つのことを同時にやろうとするとミスしやすいの。基本不器用なのよ」

「クロの意見に賛成。あいつ、ゲームをするとき、結構長い間方向キーと同じ方向に身体を倒してたんだよなぁ」

　そういう不器用さが碧にはある。最近はさすがに大丈夫だけど、レースゲームをやってるときによくやってて結構からかったっけ。

「では先生に協力してもらってはどうでしょうか？」

　真理愛はにっこりと笑った。

「順番はこうです。今日中に先生に話をつけ、明日の放課後に手に入れた音声について、先生から問い詰めてもらいます。このことで碧ちゃんが後をつける必要はなくなりますし、放課後すぐに不良さんが帰ってしまい、取り逃がす可能性を潰せます。他にも末晴お兄ちゃんや白草さんが潜入する時間、包囲網を作る時間など、猶予がぐっと広がると思います。それにさっき先生からの注意は意味がない、という話が出ましたが、少なくとも威嚇や警告にはなると思うんです。元気を削ぐ効果くらいはあるのではないでしょうか？」

「いいアイデアだ」

　哲彦が指を鳴らした。

「オレは六限をサボるってアイデアを出していたが、そっちのほうが無理がなくていいな。もう少しいいアイデアがないかなって思ってたが、そっか、センコーを使えばいいか」

「お前あれだけ邪道なアイデアを散々出すくせに、先生を活用するアイデアが出ないってどうかと思うぞ」

　まあ先生と哲彦と言えば水と油だからな。警察官と犯罪者の関係に似ている。だからこそ先生を活用するという発想自体がなかったのだろう。

「じゃあ真理愛ちゃん、その辺りの調整頼んでいいか？」

「はい、お任せください」

　だいぶ作戦も固まってきたな。

　だが俺には気になっている部分があった。

　ちょうどいいタイミングだと思い、俺は聞いてみた。

「そういや哲彦さ、大人数で囲んでうまくいった後なんだけどさ、本当に朱音は大丈夫か？」

「ん？　何が言いたいんだ？」

「いやさ、この前俺とモモが学校に行ってきたことで、先生とも通じ合っていることは明らかだろうし、朱音のバックに俺とモモがいるってことも広まってるだろ？」

「まあそうだな」

「実は俺、この時点で書き込み止まるかなって思ってたんだよ。でも……昨日も書き込みがあった」

つまり俺とモモの後ろ盾では止まらない相手と言える。

黒羽が会話に入った。

「うん。ハルと同じこと、あたしも思ってた。やっぱり姉としては妹たちの安全が第一だから。百パーセントの策なんてないだろうけど、もう少しあの子たちを守る手段があるといいんだけど……哲彦くん、どうなの？」

「あるには、ある」

もったいつけるように、哲彦は言った。

それがちょっと不快だったのだろう。眉間に皺を寄せ、黒羽は尋ねた。

「それは？」

「志田ちゃんの妹たち、まとめて群青同盟の準メンバーにするんだ」

「⁉」

予想外のセリフだった。

しかし……なるほど……それは確かに有効だ。

「今までは俺やモモが個人的に守ってるって感じだったけど、準メンバーになれば、組織として守れることになるか」

「ああ。群青同盟としてなら動画の公開ができる。チャンネル登録者もいる。ネットでこそ書いているやつに比べれば、発信力は段違いに上だ。ちょっと考えれば勝てないとわかるし、もし何かやってきた場合、末晴のドキュメンタリーと同じやり方で、視聴者を味方にすることで潰すこともできる」

「凄くいい案だと思う」

黒羽はそうつぶやいた。

「でも不安もある。あの子たちまだ中学生だから、動画に出たり有名になったりするの、姉としては怖いかな。あたしでも怖いと思うことあるから」

「クロ、動画に出るの怖いのか？」

「気分が落ちちゃってるときとか、たまにね。でも自分で群青同盟に参加するって決めたし、後悔はしてないよ。正直、群青同盟がこれほど人気が出るとも思ってなかったし、あたしなんかが注目されると思ってなかったから、当初の予想とは随分違ってるってのはあるかな」

碧、蒼依、朱音——みんな可愛いから、もし動画に出たら人気が出るのは間違いないだろう。

だからこそ危ういし、怖い。

黒羽の言うことはもっともだ、と俺は思った。

「じゃあ顔出しはやめておこうぜ」

哲彦は言った。

「玲菜だってほぼ顔を出してないだろ？　裏方ってことで、名前を連ねておくだけで十分だ。あえてオレが準メンバーって言ったのは、形式だけのメンバーでもいいって意味で言ってんだぜ？　まあ志田ちゃんの妹たちは、参加したいとき、参加したい形で関わればいいだろ」

「それなら問題ないか」

「そうね……確かに……」

別に準メンバーに名を連ねたって、やる気がなければ参加しなくていいし、すぐにやめたっていいのだ。

まずは朱音を中心とした姉妹三人の安全性を少しでも上げておきたい。そのために群青同盟準メンバーにするってのは有効だ。

「じゃあ俺から提案する。ミドリ、アオイ、アカネの三人を群青同盟の準メンバーに迎えてくれ。本人確認は取ってないが、今回は例外ってことで頼む」

「あたしもハルとの共同提案ってことで。三人の説得はあたしが責任を持つから」

「わかった。じゃあ結果はわかりきってるが、一応形式通り投票するか」

哲彦が投票箱を取ろうと背中を向けたところで、白草が言った。

「そんな面倒くさいことやる必要あるかしら？　私も共同提案者になるわ。はい、これで過半数確定で終了ね」

「それよりも明日の作戦についてもうちょっと詰めませんか？　モモとしては他にも気になる点があるんですけど」

こうして碧、蒼依、朱音の三人は準メンバーになることが正式決定し、勝負の日に臨むこととなった。

＊

次の日、俺は三度目の中学制服に着替え、母校へと向かっていた。

集合場所の学校の裏門にたどり着くと、すでに白草は待っていた。

「あ、スーちゃん」

「あれ、シロのほうが早かったのか。十分前なら余裕だと思ったんだけど、もっと早く来ればよかったな」

「ううん、スーちゃんの母校に入れると思ったら、つい高揚しちゃって。早く来ちゃった」

もじもじしつつ、白草は健気なことを言う。

(ダメだ、可愛い……)

いつもの澄まし顔とのギャップはもはや鈍器だ。俺は白草と二人きりになるたび頭を鈍器で殴られているに等しい気持ちになる。


――他に気になる女性がいるのに、流されるのはやっぱり不誠実です。


ヒヤリ、と背中に悪寒が走った。

「スーちゃん、どうしたの?」

「あ、ああ、ごめんごめん。寒いし、中に入ろうぜ」

あれから蒼依と話していなかった。

『――はる兄さん、少しだけでいいんです。わたしも見てくれませんか?』

この言葉の意味も確認できていないし、理解できていない。

ただずっと心の奥底に引っかかっていた。

「おい、スエハル。こっちこっち」

特別棟一階にある図画工作室前で、碧が手招きする。そのまま俺たちは誰もいない図画工作室に身を隠した。

本日の計画はこうだ。

間島は今日の放課後、先生に呼び出される手はずになっている。たぶんちょうど職員室に入ったころだろう。ここでしばらく話があり、終わりそうになったら俺の携帯にタナセンから連絡が入ることになっている。

俺、白草、碧の三人の任務は、間島が職員室から出てきたところで接触し、正門へ連れて行くことだ。しかし職員室の前で待っていたら目立ってしまい、連れて行くどころではない状態になってしまうだろう。かといって外で隠れていた場合、職員室まで距離がありすぎて、タナセンからの連絡のタイミング次第では取り逃がしかねない。

というわけでそこそこ近くにあり、しかも人気がない特別棟の一階にある図画工作室を碧に待機場所として確保してもらったのだった。

ちなみに図画工作室は生徒に開放していない。これは昨日真理愛がタナセンに頼んでいたからこそ確保できているのだった。

「よかった、あったかいのね」

白草がコートを脱ぐ。そして下から現れるのは、やはりこの中学校の冬服だ。

(破壊力が凄まじい……)

黒髪ロングに制服。まさに正義と言える組み合わせだろう。

しかもそれが母校のものであり、着ているのは初恋の子。スタイル抜群で、ちょっと短めのスカートに恥ずかしがっているなんて、犯罪的破壊力だ。

多重構造で襲い掛かってくる魅力に、俺はめまいがした。

(しっかりしろ、俺……)

魅力的であるほど、罪悪感は強くなっていく。

蒼依の言う通り、俺は不誠実だ。

それでも最低限誠実であるために、理性をしっかりと保って接していかなければならない

——そう考えるようになっていた。

「なーに見惚れてるんだよ、スエハル」

ぶっきらぼうな言い草で、碧が突っ込んできた。

「うるせぇ、ミドリ」

「あ、白草さん。ハンガー用意してるんで、コートください」

「ありがと、碧ちゃん」

白草からコートを受け取った碧は、手際よく壁にかけた。

「お前、俺とシロの扱い違いすぎだろ……。俺の分のハンガーは?」

「あるわけないじゃん。お前、家でコート脱ぎ捨ててるだろ?」

「うっ——」

図星を突かれ、ぐうの音も出なかった。

「まったく白草さんの前だからって見栄を張りやがって。言われたくないならもっと普段からきちんとするんだな」

「お前が言うなよ、ミドリ！　俺、知ってるぞ。お前の部屋、姉妹でダントツに汚いくせに」

「はぁ!?　お、お前、アタシの部屋を漁ったのか!?」

「ちょ、てめっ、ミドリィィ！　発言には気をつけろやぁぁ！」

俺、女子中学生の部屋を漁るようなやつって認知されたら、生きていけないんだが！

「じゃあどうやって知ったんだよ！」

「誰とは言えないが、確かな筋からの情報だ」

「ぐぐっ……クロ姉ぇもあり得るし……アカネも……いや、アオイの可能性も……」

「犯人を捜すな。大切なのはお前の部屋が汚い事実だ」

つい隠してしまったが、答えは簡単。黒羽から聞いていた。黒羽が何気なく『あの子、部屋をめったに掃除しないんだから……』とぼやいていて知っているというわけである。

「う、うるせーっ！　アタシの部屋が汚いからって、お前の部屋が汚くてもいい理由にはならねーだろ？」

「そ、そうだがな！」

「「ぐぬぬぬ……」」

俺たちがにらみ合っていると、横から笑い声が上がった。

「それぞれから聞いていたけど、スーちゃんと碧ちゃん、本当に仲がいいのね」

白草は楽しそうにそんなことを言う。

なので俺は言ってやった。

「「違う！」」

……碧と声が重なった。

ぐぬぬと思ったが、碧も同じ気持ちだったらしい。そのためまたにらみ合いになった。

「もう、仲がいいのは微笑ましいけれど、碧ちゃんは気持ちを切り替えて勉強を始めたほうがいいんじゃないかしら？」

「あ、はい、すいません。そうですね」

碧は受験生。学校内の案内役兼間島連行役という重要な任務を背負っているが、先生から間島への話が終わるまでは特に仕事がないので勉強をすることになっていた。

碧のやつ、白草の言うことにはびっくりするほど素直に聞くな。俺、長年付き合いがあるのに、むしろ反発されてばかり。どこでこの差がついてしまったのだろうか……。

「あ、白草さん、ちょうどよかった。教えて欲しいところがあるんですけど、いいですか？」

「いいわよ、ちょっと見せて。……ああ、こういう長文問題はね、うまく本文から文章を引用することを考えたほうがいいわ。例えば――」

ホント碧のやつ、白草によく懐いているな。黒羽っていうしっかりものの姉がいるにもかかわらず、白草と親しくなるとは興味深い。

白草も白草で、碧を可愛がっているのがわかる。とても優しく教えていて、群青同盟にいるときより表情が柔らかい。

白草にとって妹みたいな存在って、紫苑ちゃんがいると思っていたが、考えてみれば白草と紫苑ちゃんは同い年で元々対等。紫苑ちゃんが問題児であることもあって、なかなか直球で『可愛がる』なんてことはできなかったに違いない。

人それぞれ相性ってあるもんなんだなぁ。

「あ、ごめんなさい。少し席外すわ」

そう言って白草は図画工作室から出て行った。

碧は引き続き参考書に向かっている。

邪魔するのは気が引けたが、興味に負けた。

「ミドリってさ、どうしてそんなにシロに懐いてるんだ？」

「は？　何だよいきなり」

「沖縄旅行でちょっと顔を合わせただけなのに、いつの間にか結構仲良くなってて。驚いたっつーか……」

碧はジト目で俺を見ると、突如勝ち誇ったように口角を上げた。

「ふっ、なるほど。アタシが白草さんと仲がいいから、嫉妬してるってわけか」

「はぁ⁉　何それ⁉　そんなことまったくないんですけどぉ！」

　実はそういう気持ち、ちょっとあった。興味三分の一、嫉妬三分の一、あんなにいい感じに仲良くやれる秘訣を知りたい三分の一くらいの感情だ。

「まあスエハルの気持ちはわかるぜ？　だって白草さん美人だし」

「シロが美人なのは同感」

「凛としててカッコイイんだよなぁ。スタイルも抜群だし。うちの姉とは大違い！」

「最後のセリフに頷くと死ぬからスルーするが、その前までは同感だ」

「クールで颯爽としているところ、ついつい見惚れちゃうよなぁ」

「ギャップもいいんだよ。外では凛としていても、こう、自分を身内として認めてくれると凄くデレてくるところとか」

「ああ、わかる！　アタシも優しくされてるときの特別感がたまんなくてさぁ！　つい舞い上がっちゃいそうになるんだよな！　『あの可知白草から優しくされている』って！」

「わかってるじゃねぇか、ミドリ！」

「まあな。白草さん、アタシの憧れだし」

　結局のところ、碧が白草に懐いているのはそこなのだろう。

　憧れ。

　碧の理想が白草に近いのだ。こればっかりは付き合いの長さとかは関係ない。黒羽がどれだけ立派なお姉ちゃんだろうと、方向性が違うのだ。

かといって碧が黒羽のことより白草を優先するかと言われればしないだろう。家族として築き上げてきた絆があるのだから。

「まあスエハルが白草さんに惚れたのはわかるよ」

「は、はぁ!?　そそ、そんなことないんですけどぉ!?」

とにかくごまかすしかない、と○・一秒で思った。

物心ついたころからの喧嘩友達に好きな子を見抜かれた恥ずかしさ、とでも言えばいいのだろうか。もうとにかく何としてでもこの話題をなかったことにしたい。

「お前告白祭の動画で、白草さんに『好きだった』って言ってるじゃねーか。再生数五百万超えているんだぞ。今更隠してどーすんだよ」

「ぐぐぐ……」

あーあー、その話題は聞きたくないー。

どんだけ俺、プライバシーないんだよ。お前の一言で胃が痛くなってるんだけど、責任取ってくれるの？

「お前、クロ姉ぇとは長い付き合いだったのに、先に惚れたのは白草さんだったんだよな」

「あのな、ミドリ。正直に言う。そこを掘られると、胃がめっちゃ痛い。勘弁してくれ」

「たまにはいいじゃねぇか。どうなんだよ？」

冬服姿の碧は、テーブルに突っ伏すと、真摯な表情を俺に向けてきた。

陽が沈み始めた図画工作室。

見慣れない服装と場所のためか、ちょっといつもの碧と調子が違っていてやりづらい。

「まあ確かに、シロが初恋なわけだが……」

「やっぱり。どの辺りが良かったんだよ」

「そ、そんなのミドリに言う必要あるか？」

「聞いちゃダメなのかよ」

いつもならここで喧嘩だ。しかし碧のすねたような、それでいて寂しそうな顔を見ていると、ごまかしてはいけないような気がする。

旅行のときになると恋愛話が盛り上がるのと同じで、今、俺と碧はマジックにかかっているのかもしれなかった。

「実は――容姿がタイプだった」

「……結局顔か」

「いや、それはきっかけで！　小説家でデビューしてるところとか！」

「……結局才能か」

「だからそれだけじゃなくて……なんていうか……一緒にいて楽しいところとか」

「クロ姉ぇと一緒にいて楽しかったから仲良かったんじゃねーの？」

「そ、それは確かにそうなんだが……」

「そもそもお前、白草さんと仲良くなったのって、告白祭の後じゃねーのか？」

「その前からも一応交流はあったんだよ。群青同盟で一緒になってからほどじゃないが」

「じゃあそのときの会話が楽しかった、とか？」

「それもあるけど、別に俺もシロもトークがうまいとかじゃないから……やっぱり明確な理由なんてわからんってのが正直なところだと思う。俺、恋愛にあまり理由って考えないほうなんだよ」

「……ま、アタシもそうだし。それはそっか」

その言葉を俺は聞き逃さなかった。

「ミドリ、『アタシもそう』って言ったな？　お前はどうなんだよ」

碧は見るからにたじろいだ。

「なな、何がだよ！」

「お前の初恋だよ！　お前『アタシもそう』って言ったってことは、好きなやつがいるんだよな？」

「はぁ!?　な、何でそうなるんだよ!?」

「とぼけんな！　俺がこんだけ恥ずかしいことをぶっちゃけたんだぞ！　お前も言えよ！」

「い、いやー、別にアタシ誰にも惚れたことなんてないしー」

「お前、それは卑怯だろ！」

俺は怒りに任せ、碧の首に腕を回して絞めた。

もちろんいくら弟的扱いと言っても、碧は女の子。ちゃんと手加減はしている。

「いたたた！　やめろってスエハル！」

「じゃあちゃんと言うか？」

「わかった！　わかったから！」

「……なら離してやろう」

俺が解放すると、碧はほんのり頬を赤く染め、足を閉じてそそくさと髪を直した。

「まったく、アタシだって女なんだぞ……」

「だからわかってるって以前も言っただろ」

「身体的特徴の話じゃなくて！　……って、もういい」

「いいから、お前の初恋は？」

碧はむすーっとしつつ、視線を逸らした。

「三年くらい前。ＷｅＴｕｂｅで見つけた俳優」

「おい、ミドリ。テレビの向こう側の人間への恋と身近な恋は別にして話したほうがいいと思うんだが？」

「まあいいから聞けって。その俳優の名前は知ってたけど、引退してたからさ。検索してみたんだよ」

「へぇ、引退してる俳優ねぇ……」

「そしたら、想像と全然違ってて。そのときは別に意識することなんてなかったけど、いつの間にか心を侵食されたみたいっていうか。それが初恋だと思ってるんだけど……やっぱり恋ってまだピンと来ないし……認めきれないままモヤモヤしてる感じ」

「その気持ちはわかるな。俺のときもそんな感じだったし……」

明確な『何か』があるわけじゃなくて。

きっかけや理由は多数あるが、全部後付けに思えて。

気がついたときには惚れていた――というのが一番正しいように感じる。

「……茶化さないんだ」

ぽつり、と碧が言った。

まったく、今日の碧はしおらしくて――らしくない。

俺は頭を掻きむしった。

「バカ。初恋は重いものだろうが。俺は自分のを言わされたからお前のも無理やり聞き出しただけで、バカにするつもりなんかねーよ」

「……でもお前、バカだけどな」

「何を！」

「ま、アタシもバカだけど」

「……ミドリ？」

本当に、らしくない。

だから俺は碧にチョップをかました。

「いたっ！　スエハル、てめっ！」

「好きなら行動しろよ。ウジウジしてるのはお前らしくねーぞ」

「うっせ！　てめーにだけは言われたくねーよ、スエハル！」

それにしても、恋ってやつはあの暴力的な碧さえしおらしくさせてしまうから凄い。

こんなに人を振り回すのに、実際うまくいくのはごく少数の人だけ。

人生、ハードモード過ぎないだろうか？

もし神様がいるのなら文句を言ってやりたくなるところだった。

「――ごめんなさい。人がいて、避けてたら遅くなっちゃったわ」

白草が戻ってきた。気がつけば俺たちの間にあった、不思議な空気は吹き飛んでいた。

何となく気まずくなり、俺たちは互いに背を向けた。

「どうかしたの？」

「いや、シロ。何でもない」

どうやらいつもと違う雰囲気に俺たちは浮かされていたみたいだ。

互いの初恋を語り合うなんて——俺と碧がやることじゃない。

喧嘩して、いがみ合って、でもどこか気が合って……それが俺と碧のはずだ。

けれども時間はそんな関係を少しずつ変えているのかもしれなかった。

「あ、アタシ、教室に忘れ物しちゃった！　ちょっと取ってくるわ！」

先ほどの会話を思い出して恥ずかしくなったのだろう。

碧は下手くそな演技で図画工作室を出て行った。

白草はクスリと笑った。

「碧ちゃん、可愛いわね」

「そうかぁ？　可愛いって言うには乱暴すぎるって」

「そういう意味じゃなくて、素直になれないところとか」

その言い方でわかった。

「シロ、戻ってきてたけど、中に入らずに聞いてたな？」

「あら、バレちゃったわね」

すぐに白状したところを見ると、あまり隠すつもりはなかったようだ。

「どこから聞いてた？」

「ＷｅＴｕｂｅの話をしていた辺りよ」

俺はため息をついた。

「これでもミドリにしては随分素直なほうだったんだよ」

「でしょうね」

「好きなやつがいるなら応援してやりたいんだけどなぁ。でもさすがにテレビの向こう側のやつで、しかも引退しているとなるとなぁ。せめて引退してなければ、俺やモモなら会えたかも……いや、それよりもっと地に足をつけて身近でいいやつを探すほうがいいな。素直に認めるのには抵抗があるが、かなり可愛いんだから、変に選ばなきゃいいやつがすぐ見つかるだろうに」

粗暴なところもあるが、六条中学を三分するほどの人気があると聞いている。せっかく人気があるのだから、ちゃんと幸せになって欲しいものだが。

「スーちゃんって、碧ちゃんに対してはホントお兄さんよね」

「粗暴な弟を持つとな」

「そういうところが嫌で反発しちゃうんでしょうね、碧ちゃん」

うーん、白草が言っていることは理解できるんだが……。

「もうミドリも中三だしさ、ちゃんと女の子として扱わなきゃってのはわかってるんだよ。でもさ、昔からの付き合いが長すぎて抵抗感があってさ……」

「照れくさいだけじゃないかしら？」

「端的に言えばそうなんだけどさ。でも昨日まで弟扱い、今日から妹扱いって、なんか切り替えづらくって……」

「もちろん扱いの問題もあるけれど、碧（みどり）ちゃん、寂しがってるんじゃないかしら」

「えっ？」

それは意外な意見だ。

「構ってほしくて、つい言葉が強くなっちゃって。それでより強い反発になっちゃってる気がするのよね」

「そうかぁ？」

「だってスーちゃん、群青同盟（ぐんじょうどうめい）ができてから、志田（しだ）さんの妹たちと話す時間が減ったでしょ？」

「……まあ」

「スーちゃんは活躍して、高校に通ってはいるけど有名人に戻っちゃったし。遠くなっちゃった気がして、構って欲しくて、寂しくて……そんなループに陥っている気がするの」

「んー……前から俺とミドリはこんな感じで喧嘩（けんか）する仲だぞ？」

「それはそれで仲が良くていいと思うの。でも私が言ったことも覚えておいて欲しいわ」

碧（みどり）が寂しがってる、か……。

意外すぎて考えもしなかった意見だ。

（シロからだと、そう見えたのかな……？）

だとしたら笑い飛ばすことはできない。ちゃんと受け止めよう。

「わかった」

と言ったところで気がついた。

あれ？　もしかして——

『——はる兄さん、少しだけでいいんです。わたしも見てくれませんか？』

蒼依も同じなんじゃないかって。

（そう考えると話が繋がってくるな）

さっき白草も『志田さんの妹たちと話す時間が減ったでしょ？』と言っていた。

この言葉、あくまで対象は『妹たち』だ。ということは碧だけじゃなく、蒼依にも当てはまると考えるのが自然では……？

違うかもしれない。けれど、そう考えるとしっくりきた。

そんなことを考えているときのことだった。廊下から声が聞こえてきたのは。

「えっ、群青同盟の可知さんが来てるって⁉」

「ああ、間違いない！　さっきこの辺にいたんだよ！」

「「⁉」」

俺と白草は顔を見合わせた。

今日は大事な日だ。ここで騒ぎになれば間島の身柄を押さえるのに支障が出る。

となると——隠れなきゃ！

「シロ、こっち！」

俺は掃除道具入れを開けて飛び込み、手を伸ばした。

白草はすぐに頷き、俺の胸元に飛び込んでくる。そして俺はそっと掃除道具入れを閉めた。

足音が迫ってきて、図画工作室の前で止まった。

「あれー、いないなー」

「何でここだと思うんだ？」

「トイレから出てくるところを見たんだけどさ、そのトイレを使うのって、職員室かこの辺の教室使う場合だけなんだよなぁ」

当たってる……。なかなか勘のいい男子生徒だ……。

とはいえ、何がヤバいかと言えば、外よりもこの掃除道具入れの中のほうがヤバい。

だって俺と白草が密着してしまっている。

「スー、ちゃん……」

白草の吐息が漏れる。切なげな息は、桃色に染まっているかと思えるほど色っぽい。

胸と胸が、太ももと太ももが引っ付いて、体勢を直そうとするたびにこすれてしまう。

（マズい……）

精神面、肉体面、どちらも。

「シロ……」

「ダメ、スーちゃん、動いちゃ……」

だから耳元でそんな声でつぶやかれたら、理性がおかしくなるって！

少しでもいい体勢にならないかともがけばもがくほど危険な状態になっていく。まるで蟻地獄みたいだ。

白草の匂いが充満している。身体の柔らかさと温かさがダイレクトに感じられ、思考力が落ちていく。

嬉しいとかそういうレベルではなく、段々と考えられなくなっている。のぼせてしまっているというのが正しいだろう。

「シロ、行ったか……？」

「も、もう少しだけこのままのほうが……」

真冬と言っていい時期なのに、どうしてこれほど暑いのか。

狭い密室だから？　触れ合っているから？

そのどちらも正しい。けれどもう一つ理由がある。

きっと心臓がおかしくなりそうなほど高鳴っているからだ。

そしてその心臓の音が、密着することで互いに聞こえてしまっている。それがより互いの緊張と興奮を高めてしまっている。

快感が手足の先まで走り、しびれていた。

「シロ……」

「スーちゃん……」

目が、合ってしまった。

至近距離。二人を遮るものはない。

わかる。白草の理性も、ほとんど働いていない。

（もう、どうなってもいいか……）

熱に浮かされ、白草の唇との距離が近づいていく。

そしてまた白草も、目を閉じ――

――他に気になる女性がいるのに、流されるのはやっぱり不誠実です。

って、ダメだ！

流されて好きな子を決めていいはずないじゃないか！

俺は白草の両肩を掴み、そっと自分から遠ざけた。

「スー、ちゃん……？」

「あいつら行ったぞ、スエハル！」

いきなり碧が掃除道具入れを開けた。

「わっ！」

「きゃっ！」

互いに驚き反発し合う。

おかげで手前にいた白草が尻もちをつく羽目になった。

「白草さん、大丈夫ですか？」

「あ、え……？　ああ、うん、大丈夫よ、碧ちゃん」

白草はまだ夢見心地らしく、少しぼんやりしている。

かくいう俺も似たような状態だった。

「いやー、さっき白草さん探しているやつとすれ違ったからさ。戻ってきたとき二人がいないのは、きっと隠れたんだと思って。掃除道具入れ、一発でビンゴだったぜ」

「そ、そう……」

白草が赤面しつつ、せっせと制服の埃を払い、身だしなみを整えている。

(俺は――)

自分自身に失望していた。

自らの意志の弱さが嫌になる。

俺は押し黙り、壁に頭突きをかました。

＊

それから何となく気まずい雰囲気となりつつ、碧は勉強、白草はそのアドバイス、俺は携帯とにらめっこしながら連絡を待つ、という時間が過ぎた。俺も勉強をやればいいのかもしれないが、頭の中がぐしゃぐしゃになっていて、集中できる気がしなかった。

「悪い、ちょっとトイレに」

気分転換を兼ねて俺は図画工作室を後にした。

トレイに入り用を足す。そして洗面所で手を洗っていると、奥の個室が開く音がした。

「は～、ヤバかった～」

横に並んで手を洗う中学生。

個室から出てきたやつか——と思って横目で見ると、リーゼントをしていた。

「っっっ⁉」

この髪型……間違いない。こいつ、間島だ。

写真で見るよりずっとでかい印象だ。身長は一八〇センチ以上と聞いていたが、一八〇センチ半ばぐらいあるだろう。

身体つきも随分ごつい。リーゼントだけでもなかなかの威圧感だが、このガタイもかなりの迫力だ。全体的に緩い着こなしは、反社会性を感じさせる。

なぜ間島がトイレにいる？　先生に呼び出されて説教されているはずなのに？

……あ、そうか。

ここは職員室最寄りのトイレ。説教中にお腹が痛くなって、一時的に出てきた——それなら十分ありえるか。

「あ？　何見てんだ？」

げっ、にらまれた。

俺は中学校時代の制服を着ている。顔はやや老けているだろうが、これだけ容赦なくにらんできたことを見ると、俺を見知らぬ中学生とみなしているのかもしれなかった。

（接触してしまったものはしょうがない。いっそこのまま正門に連行するか……？）

いや、一人じゃ分が悪いか。予定外の接触のため心の準備もできていない。

（ならさっさとこの場を離れたほうがいいな）

ちょうど手を洗い終えたところなので、俺は聞こえなかったフリをして逃げることにした。

「ん？」

背後からそんな声が聞こえたが、絡まれては厄介と思い、俺は足を速めた。

「おい、ちょっと待てよ！」

「!?」

しまった、肩を摑まれてしまった。

さすがにここまでされては逃げられず、俺は覚悟を決めて振り返った。

「何だよいきなり。俺に何か用か？」

「やっぱりそうか！」

「何だ？」

間島が俺の顔をじっとにらみつけてくる。

俺は気圧されないよう、にらみ返した。

ビビったら負けだ。年下とはいえ、この体格と迫力。気を張って押し返さないと。

「あんた――」

間島は俺の両肩に手を置いた。

「群青同盟の丸末晴さんじゃないっすか！　おれ、超ファンっす！」

「はぁっ⁉」

俺はつい素っ頓狂な声を上げていた。

え、何の冗談？　と思ったが、間島は目をキラキラさせていて、どう見ても本気のファンだ。

「うおーっ！　マジすげーっ！　え、どうしてうちの中学に来てるんすか？　あ、確か志田姉妹と家が隣同士で、仲がいいんすよね？　この前、中学校に顔出したって噂聞いていたんですけど、中学で撮影でもしてるんすか？」

あ、あれ……？

これが学校一の不良……？

朱音を叩いているアンチの主犯……？

お、おかしいぞ……。聞いていた話や雰囲気とだいぶ違う……。

(でもまあ巧みに嘘をついている可能性もある)

ちょっと試してみよう、と俺は思った。

「中学にはちょっと調査をしに来てるんだよ。アカネ絡みで」

「！」

意味を理解したのだろう。間島は表情を硬直させた。

どう出るか……最悪ここで喧嘩になるかも……などと考えていたところ、間島は低い声で言った。

「先輩はおれが朱音ちゃんにひどいことやったって疑ってるんすよね？」

茶化すわけでもなく、脅すわけでもなく、ただ真剣に言っているといった感じの話しぶりだった。

だから俺もけん制するのをやめて、素直に言った。

「ああ、そうだ。俺はアカネの兄貴分だから、大変なことに巻き込まれてるって聞いて、居ても立ってもいられなかったんだ。で、調べてみたら、お前が怪しいって情報が入ってきた」

「……言い訳みたいになっちまうのは嫌なんすけど、誤解されたくないんで、弁明ってやつをさせてもらえませんか？」

「先生にはしなかったのか？」

「したけど、全然信じてくれねぇんすよ」

「タナセンは？」

俺はタナセンが間島(まじま)犯人説に疑問を持っていたことを思い出し、聞いてみた。

「ああ、タナセンは聞いてくれるほうっすけど、他のクソ教師どもはおれの仕業って決めつけてて……」

まあタナセンも他の先生との関係がある。あんな音声が証拠として出ている以上、かばいきれないだろう。困っているタナセンの姿が目に浮かんだ。

「目を見た感じ、先輩はちゃんと聞いてくれそうなんで……。できれば一対一で、男同士の話ってやつをさせて欲しいっす」

「……わかった」

ひょんなことになってしまったが、喧嘩(けんか)になったり逃げ出されたりするよりはずっといい。別に話を聞くこと自体、マイナスじゃないだろう。

そう考えて、校舎裏にある、外階段まで移動して座った。ここなら人がほとんど通らないから、ゆっくり間島(まじま)の話を聞ける。

「たぶん先輩はこう聞いてるんじゃないすか？　おれが朱音ちゃんに振られ、そのせいで逆恨みをし、ネットにひどい書き込みをして苦しめている――どうっすか？」

「ああ、そうだ。それで俺や群青同盟は、アカネを守るために味方を増やしたり、犯人探しをしたりしていたんだ」

「……おれがアカネちゃんに振られたことは事実っす」

間島は俺より一段下、斜め前に座っている。それでも頭の高さはあまり変わらないところが、間島の背の高さを表している。

しかし朱音に振られたと話す間島には哀愁が感じられて、巨体の割に小さく見える。石を拾って投げる様はどこか見覚えがあった。

「そりゃ振られて……苦しくって……悲しくって……そりゃ復讐の一つや二つ考えなかったか、と言われれば嘘になるっす。それに告白を断られるところをいろんなやつに見られ、あまりの恥ずかしさから暴れちまったのも、事実っす。でも、それでも、憧れの子をネットで叩いて苦しめるって……んなことするはずないじゃないっすか」

俺は今回の一件に関して、『度を越している』と思っていた。

振られた復讐をしたい気持ちはわかる。わかってしまう。

しかし好きな子をネットで叩くのは違うだろう、と。そう思っていた。

どうやら間島も同じ思いらしい。ということはこの点だけかもしれないが、ちゃんとやっていいこととダメなことの区別がついている。

間島を警戒していた俺だったが、考えが理解できるものだったことで、素直に話を聞けるようになっていた。

「もし彼氏がいるってんなら、その彼氏の嫌なところの一つでも探して、おれを選ばなかった見る目のなさを明らかにしてやろうっつーくらいはしようとしたかもしれないっす。でもそれは憧れの子にせいぜい事実を突きつけようってレベルの話で、嫌がらせはさすがにできないっす。だって好きだったんだから」

うん、わかる……。最初は嫌なところの一つくらい探したくなっちゃうよな……。

なんで俺を選ばないんだ！　って。その彼氏は俺よりダメなやつなんだ、だから俺を選ばなかったお前は見る目がないんだ！　って言いたくなるよな。

これって一種の証拠探しだ。嫌がらせではなく、自分が正しいと思うためのデータをついつい探してしまうんだ。

そりゃ振られた男のみっともない行動かもしれない。こんなことをまるで考えない人が聞いたら、最低だ！　って言うかもしれない。

でも俺は間島と同じことを考えたし、実際行動にまで起こした。だから気持ちがわかってしまう。

そのうちに気がつくんだ。

根本にあるのはその子が『好き』という感情なんだって。

選ばれなかった現実は辛すぎるけど、嫌がらせなんてできないって。

だって好きな子には、笑顔でいて欲しいから。

「本当の復讐ってのは、おれがいっぱしの男になって、選ばなかったことを悔しいと思わせる……そういうもんじゃないっすか？　だからおれは、ネットで苦しめるとかは――先輩？」

俺はガシッと間島の両肩に手を置いた。

いつしか目は涙で溢れていた。

「わがる……っ！」

…………………

…………

……

俺が間島に共感したことで、会話は当初の予想を超えて盛り上がっていた。

「このナリなんでよく誤解されるんすけど、おれ、元々家でマンガとゲームばかりしていたオタクなんすよ」

「マジか⁉」

何がどうしてこんなことになったのやら。

「友達も全然いなくて、何か目標を見つけなきゃ……って思ってたとき、親父がおれに渡してきたのが、不良マンガだったんすよ。うちの親父自体が昔、マンガに影響されて不良になった口なんで」

「だから今どきリーゼントなのか？」

「そうっす。親父の狙い通り滅茶苦茶ハマっちまって、おれの方向性はこれだって思って……おれ、体制に逆らってでも自分を貫くってのに憧れがあるんすよね」

アニメやマンガのキャラに憧れて――っていうのは、よくあることだし、それで本人が成長できるなら全然いいと思う。

ただ間島については、ちょっとそのセンスが独特だなと思わずにはいられないけれども。

「朱音ちゃんを好きになったのも、その辺っすよね。朱音ちゃん、人にどんなこと言われても自分を曲げないし、どれだけ褒めてもなびかない……そこがカッコいいんすよね。まあおれなんかが付き合うなんて無理だとは思ってたんすけど、もう卒業も近いし、言っておかなきゃ後悔するかなって思って……まあすっぱり振られて、今は完全に吹っ切れてるっす」

「なるほどなぁ……」

「先輩のファンってのもその辺っすよね」

「ん、どういうことだ？」

俺は『体制に逆らってでも自分を貫く』っていうタイプじゃないと思うんだが。

「先輩、動画で言ってたじゃないっすか。舞台に戻ってきたのは、復讐心や対抗心からだって」

「あ～……言ってたな」

記憶から抹消していたが、言われて思い出した。

「さっきの『おれがいっぱしの男になって、選ばなかったことを悔しいと思わせる』って言葉、先輩の影響っすよ？　あのセリフ、おれの中でストンと落ちたんすよね」

「マジか……」

自覚はなかったが、動画の影響って凄いな。

「先輩たちって、そのときそのときを全力で楽しんでるじゃないっすか。あれ、自分の流儀を貫いてるっておれには見えるんすよ。芸能プロダクション相手にCM勝負したり、ドキュメンタリー作ってゴシップと戦ったり。ゲームと違って現実にはわかりやすい敵ってあんまいねーっすけど、先輩たちは『つまんねー現実と戦ってる』って感じがするんすよね。その先頭で戦ってるのが先輩なんで、おれは先輩のファンなんす」

えっ、なんだこいつ……。

おいおい、さっきから薄々感じてたけど……。

「お前、滅茶苦茶いいやつじゃねぇか！」

ここまで話を聞けばわかる。

そりゃ俺が騙されてるって可能性はゼロじゃないかもしれない。

でも俺は自分の目を信じて、こいつを信じる。

そう決めた。

「く～、すぐにバットを持ち出してくるクラスメートや、すぐに俺を嵌めようとしてくるカス野郎に聞かせてやりたい言葉の数々だぜ！」

「え、そんなクラスメートやカス野郎が実在してるんすか？」

「そう思うだろ？　実在してるんだよなぁ、これがさぁ！」

「は～、おいしい思いをたくさんしてるんじゃないかって思ってたんすけど、案外大変なんすね～」

「そうなんだよ！」

俺は力説しつつ、気がついた。

なんでこんないいやつが犯人にされているんだって。

「っと、話が逸れてたな。間島、何でこんなことになってるんだ？　お前、どう考えても犯人じゃないだろ？」

「実はおれも朱音ちゃんが大変なことに巻き込まれているって知って、探っていたんすよ、犯人。おれの推測じゃ、おれと朱音ちゃん、双方に恨みがあるやつかなって思って……その結果、見つけたっす」

「誰だ？」

「徳山っす」

になる。

「あのアカネファンのやつか……っ！」

間島の言っていることが真実なら、朱音を守るためのグループに犯人が入り込んでいたこと

「……そうだ。『間島に脅迫されたという証言音声』を持ち込んだの、徳山だ……」

「あー、やっぱりそうっすか。そんなこったろうと思ってました」

間島は徳山が証言音声を持ち込んだのを知らなかったはずだ。知っていたらきっと、先生に問い詰められる前に徳山を殴りに行っていただろう。

また先生たちが音声の出所を話す可能性も低い。話せば喧嘩沙汰になるのは目に見えているから。

なのに間島はズバリ徳山という名を出した。これは間島を信じる大きな動機付けになるのではないだろうか。

「徳山は朱音ちゃんのファンの集いを仕切ってるんすけど、最近振られてるんすよね。それにおれもあいつとは因縁があって、半年くらい前にあいつがいじめをしている現場を見ちまって、喧嘩してるんすよ。まああいつの家は金持ちなんで、もみ消されちまいましたが」

「え、金持ちだからもみ消すとかって、できるのか？」

「いじめられたやつの親に口外しないよう金を積んだようっすね。いじめられてたやつ本人を問い詰めたら、そう吐きました」

「マジか……」

何だその徳山ってやつ……。ヤバすぎだろ……。

「じゃ、じゃああの音声は⁉」

「大野の声っすね。徳山の彼女っす」

「嘘だろ……？」

「もちろん確認してもらっていいっすよ。徳山は他学年や女子の前ではカッコつけてるんで、そいつらに聞いても裏の顔までは話が出てこないと思います。なので三年の、特に男子に聞いて確認して欲しいっす」

た、確かに、俺たちが情報収集をした際、黒羽、碧、蒼依の関係者がほとんどだった。三人の知り合いは女子ばかり……男子がいても、三人の知り合いのさらにその友達という感じだった。

今考えると、話を聞いた生徒たちの中で中三男子は徳山一人だ。

ちょっとこれは……偶然にしては出来過ぎている……？　穴を突かれた……？

「うがぁーっ！」

俺は頭を搔きむしった。

これ、間島が言っていることが本当だとしたら、なんて見当外れの行動をしていたんだ、俺たち。表面上の情報で惑わされていたことになる。

（そういうの、嫌だな……）

子役時代、俺は話したこともないやつから勝手にバカにされたり褒められたりした。それが俺はあまり好きじゃなかった。

なのに——間島に対して同じことをやっていたことになる。

（……ちょっと落ち着こう）

まだ間島が正しいと確定したわけじゃない。

俺だけでは判断しかねる。この情報を全員で共有して会議をしなければ。

「お前、この後時間あるか？　先生には俺が言って、すぐに話を切り上げてもらうから」

「もちろん大丈夫っす」

俺は慌てて正門周辺で待機している哲彦に電話した。

*

それからは急転直下の展開だった。

群青同盟のメンバーも間島の話を聞いて仰天。哲彦のみはその可能性もあると思っていたらしく驚かなかったが、偽証拠には癇に障ったようで、すぐに情報収集を開始した。

ちょうど図画工作室を借りていたので、ここを本部として朱音の味方のグループを緊急招集。

もちろん間島の証言に沿い、徳山と大野を除外した面々だ。

グループのメンバーが急ぎ声をかけてくれた三年男子の証言をいくつか聞き、出た結論は
――

「徳山と大野が真の主犯で間違いなさそうだな」

哲彦の言葉に、その場にいたメンバーは深刻な表情で頷いた。

「悪かったな、間島」

「ごめんなさい……」

「もっとちゃんと調べるべきだったわね……」

「いやいや、いいっすよ。わかってもらえただけで十分っす」

こうして俺たちの誤解は解けて和解し、騙された怒りを徳山と大野に向けた。

徳山はグループに入っていたので、嘘をついて呼び出すのは簡単だった。

当初間島のために用意していた作戦をすべて転用し、その日のうちに正門前へ徳山を呼び出して囲んだ。

「どういうことか――」

「――教えてもらおうじゃねーの？」

群青同盟や朱音の味方になってくれているグループのメンバー、総勢十人以上に圧力をかけられ、徳山はあっさりと自白した。

「だ、だったらどうだって言うんだよ！　俺を振ったあいつが悪いんだ！」

徳山が指さしたのは朱音だった。

「あいつが……俺はファンたちをまとめたりもしていたのに……」

「振られたからってウジウジしてんじゃねーよ！」

間島は徳山に摑みかかり、襟を絞め上げた。

「んだと、間島ぁ！　てめぇも振られてキレてたじゃねーか！」

徳山も負けていない。襟を絞め返し、にらみ合いとなった。

「おれがキレたのは覗き見野郎らに対してだ！　朱音ちゃんに対してじゃねーよ！」

「ほとんど同じだろうが！」

「ほんっっとてめぇは了見の狭い野郎だな！　だからすぐ人をいじめるんだよ！」

「いじめてねーよ！　じゃれてたんだよ！」

「人の痛みがわかんねーやつだな！　クソ野郎が！」

「クソはすぐに人を殴るてめぇだろうが！」

あーあー、もうひどいありさまだな。互いに摑み合ったまま頭突きをかましている。

ただ言っていることに関して、俺は完全に間島の味方だ。

いじめておいてじゃれてたとか、冗談でも許せない。

「間島、その辺にしておけ。こんなやつ、相手にするだけ面倒だって」

「先輩……」

俺が肩に手を置いて制止すると、間島は冷静になり、徳山を突き飛ばした。

「何だてめぇ！　バカにしてんのか！」

徳山は俺に摑みかかってきた。

今までは同級生同士の喧嘩で済んでいたが、俺が摑まれたのを見て群青同盟のメンバーたちが身構えた。

しかし——先に動いた者がいた。

「やめて。ハルにぃにひどいことしないで」

「志田、朱音……」

朱音が徳山の腕を引っ張ると、徳山から力が抜けた。

目が潤んでいる。徳山は朱音のことが好きだった……いや、今でも好きなのは、直感的にわかった。

「俺は——」

徳山が口を開いたのとほぼ同時に、朱音は言った。

「誰かわからないけど、早くハルにぃから手を離して」

「……へ？」

俺はペシンと額を叩いた。

朱音の無自覚な残酷さが皮肉なほど強く出てしまった場面だろう。

徳山という男子生徒はファンをまとめ、告白までしていたのに、名前さえ覚えられていなかった。朱音にとって名前を覚える価値すらないと思われていた。それが現実だったのだ。

「志田、朱音……っ！」

徳山が血走った眼で朱音をにらみつける。

危険を感じた俺は、背後から朱音の肩に手をかけた。

「言っとくがな、アカネは群青同盟の準メンバーになることが決まった。ミドリとアオイもだ。もしこいつらにこれ以上危害を加えようってつもりなら――群青同盟が相手になってやる。覚悟しておけ」

「ハルにぃ……」

朱音は俺の言葉が頼もしかったのだろう。

頰を赤らめ、肩に置いた俺の手に、自分の手をそっと重ねてきた。

「あららぁ～、こいつは最後に一番ダメージのある一撃がきたじゃねぇか」

哲彦が訳のわからないことをつぶやく。

しかし俺が理解できなかっただけで、表現としては事実だったのだろう。

「あ……あ……」

徳山が膝をつく。その傷心の表情から見る限り、反撃する気力は残っていないようだった。

　こうして朱音（あかね）の騒動は終わりを告げた。

＊

　翌日の放課後、俺は間島（まじま）から会って欲しいと言われ、駅近くのハンバーガーチェーン店に入った。

　ああいう感じのやつだから時間通りには来ないかな、なんて思っていたが、五分前到着だったにもかかわらず先に来て待っていた。

「あ、先輩、お疲れ様っす」

「早いな」

「先輩を待たせるわけにはいかないんで。あ、忘れる前に、話してたオススメゲームっす。どうぞ」

「何でその髪型で礼儀正しいんだよ……」

　間島（まじま）は可愛（かわい）らしい袋に包んだゲームソフトを差し出してきた。

　そういや昔ながらの不良は上下関係が厳しかったな。その影響を受けているのだろうか。

　俺はドリンクだけ買って、間島（まじま）の向かいに座った。

「んで、今日俺を呼び出した用件って何だ？」

「まず報告なんすけど、徳山は朱音ちゃんに未練たらたらってことが昨日の件で丸わかりだったので、大野に見限られました。具体的には大野が『録音した音声は徳山に頼まれて録った嘘証言』って自白したっす」

「あー、やっぱりそうか」

昨日の時点でもほぼ間違いなく嘘証言だとわかっていたが、本人が自供したのなら何よりだ。

「これによって徳山の評判はひどいことになってるっす。これでまた朱音ちゃんに何かしようとしたら真っ先に疑われるのが徳山なんで、迂闊なことはできないでしょうね」

「そうか、そりゃよかった」

何よりも大事なのは朱音たちの安全だ。それが達成できるなら、最高の成果だった。

「たぶん徳山や大野以外にも悪口書き込んでたやつもいると思うんすけど、先輩がタンカを切ったじゃないっすか。それが効いてるんでしょうね。だいぶおとなしくなったと思いますよ」

「タンカ？」

「群青同盟が相手になるってやつっすよ」

「おっ、そうか」

碧、蒼依、朱音を群青同盟の準メンバーにしたのは意味があったんだな。群青同盟が三人を守る盾にでもなれれば何よりだ。

「んでここからが話の本題なんすけど――」

「何だ？」

「元々おれ、丸先輩のファンって言ってるじゃないっすか」

「ああ、そうだな」

「だから――」

いきなり間島はテーブルに額をつけた。

「丸先輩、おれを舎弟にして欲しいっす！」

「はあああぁぁぁぁ⁉」

つい俺は大声を出してしまった。

「おれ、ビッグになりたいんす！　なので、ビッグな先輩に教えを請いたいんす！」

周囲から何事かと言わんばかりにジロジロと見られる。

リーゼント髪の男がテーブルに額をこすりつけんばかりに頭を下げている――これはすさまじくインパクトのある光景だろう。そのせいで俺の立場はさらに悪化していた。

『何の取り引き？』

『あれ、もしかしてマルちゃんじゃない？』

『見かけによらず、不良を子分にしてるんだ……がっかり……』

そんな声が聞こえてきていた。

「ちょっ！」

俺は慌てて間島に顔を上げさせた。

「とにかくそういうのはやめてくれ！」

「じゃあ——」

「いや、舎弟とかよくわからんし。別に欲しくもないし」

「そ、そうっすか……残念っす……」

「でもまあ、お前が悪いやつじゃないってわかったし、時々飯でも食おうぜ」

「いいんすか⁉　ありがとうございます！　おれのことは陸って呼んで欲しいっす！」

「わかったよ、陸」

ということで陸は、俺の舎弟ではないものの、舎弟っぽい存在になった……のだが。

「つーか、いいっすよね、先輩は……。あんな美人たちに囲まれて、めっちゃモテてて……。おれなんて……」

話しているうちに、ただの愚痴の聞き役にさせられていた。

「ありがたいことなんだが……これはこれで迷うこともあってだな……」

「あ〜、あの三人、誰を選べばいいかとかっすか？」

「い、いや！　俺はそんな偉そうな身分じゃ！」

「偉そうとか関係なく、昨日ちらっと見ただけでもそうとしか見えなかったっすよ？　ただまあ、その迷いは無理もないかと」

「そう思うか？」

「ま、群青同盟好きの男子中学生の与太話として聞いて欲しいんすけど、あの三人、ぶっちゃけ下手なアイドルより全然魅力的っす。迷わず選べるやつはきっと好みが絞れているだけじゃないっすか？　だってアイドルグループ人気トップスリーから同時に言い寄られて選べるかって話っすよ。もしおれが先輩と同じ状況下だったとしたら……あ～、やっぱ選べないっすね……」

「わかってくれるか！」

　俺はぐぐっと拳を握った。

「そうなんだ、三人とも魅力的すぎるんだよ！　三人とも俺にはもったいないくらい、いい子でさ！　たぶん人生で俺に好意を持ってくれる子のうち、一番と二番と三番が一気に押し寄せてきている気がするんだよ！」

「そりゃあの三人ならそう思うのも無理ないっすね」

「でも最近、色気に流されるのは不誠実って言われちまって……」

　何言ってんだ？　とばかりに陸は首を傾げた。

「いやー、あの三人に迫られてまったく流されないとしたら、そりゃ性欲ゼロってことになるじゃないっすか。そんなやつがいたらまず病院に行けって言いますよ」

「そう！　そうなんだよ！　だが不誠実なのも事実で……」

「まあそれはそうなんすけどね。だとすると一時的でもいいんで、色気で押されないレベルまで距離を置くしかないんじゃないっすか？」

「あー、やっぱりそれしかないか……」

「ま、よくわからねーっすけど。とにかくおれとしては贅沢な悩みで羨ましいっす。あ、主人公が先輩と同じような状況になるギャルゲー持ってるんで今度貸しましょうか？」

「マジか⁉　そりゃ助かる！」

「ほとんどのルートで主人公が刺されて死ぬんすけどね」

「ダメじゃん⁉」

そんな感じで俺と陸は何となく仲良くなったのだった。

＊

――はる兄さん、少しだけでいいんです。わたしも見てくれませんか？

この言葉を言った後、わたしは自己嫌悪に襲われていた。

（わたしはなんてことを……。何より、わたしの気持ちを悟られてしまったのでは……？）

そう思うと足が震え、わたしははる兄さんの顔をまともに見ることができなくなってしまっていた。

もしわたしの気持ちがはる兄さんに伝わってしまったのなら、取り消してしまいたい……。

それこそもし記憶喪失の嘘をつくことで取り消せるなら、そうしてしまいたい……。

そんなことを考えていた。

だって――

『ほら、動かないの』

わたしの脳裏によみがえるのは、はる兄さんとくろ姉さんがキスをしそうになっていた場面だった。

わかっている。はる兄さんはまだ誰か一人に決めあぐねている。けれどもくろ姉さんの攻撃は巧みで、しかも魅力的過ぎる。そのせいではる兄さんは落ちかけ、あんなことになっていたのだ。

あのままにしておけば、はる兄さんとくろ姉さんは結ばれたかもしれない。

そもそもわたしは、二人がくっつくのを願っていた。少なくとも、かちさんやももさかさんとくっつくよりはずっといいと思っていた。

誰よりも長く傍にいて、誰よりも努力していたくろ姉さんがはる兄さんと結ばれるのは、当然の帰結だ。

だからこそ応援していたはずなのに、自ら邪魔をしてしまった。

『わーっわーっ、すごーいっ！』

わたしの友達が声を上げてキスを妨げたのは、わたしが誘導したせいだ。自分で声を出す勇気がなかったわたしは、タイミングを見計らって友達に見せ、声を上げさせたのだった。

キスしそうになっていたことからもわかるように、わたしは少なくとも現在、くろ姉さんには絶対に勝てない。そもそもたぶん、はる兄さんの恋愛対象にすら入っていない。

そのことが悔しくてつい見て欲しいと言ってしまったのだが、嫉妬にかられて言ってしまった言葉もひどい。


——他に気になる女性がいるのに、流されるのはやっぱり不誠実です。


本当にわたしは性格が悪い人間だ。

だってわたしが不誠実と言ったことにより、はる兄さんが自己嫌悪に陥り、より三人の女性と距離を取ろうとしていることを感じ取っていた。なのにわたしは申し訳ないと思うより、自分にも勝利の目が出てきたと感じ、密かに喜びを感じてしまっていた。

三つ巴になってしまったからこそ生まれた新たな可能性。


——三人の共倒れ。

今なら、わたしは漁夫の利を得られるかもしれない。

あんなに魅力的な三人がいたら、年齢が離れ、妹としてしか見られていないわたしが選ばれるなんて、絶対にありえなかった。

でもはる兄さんが誰も選べなくなってしまった今、恋愛相談に乗っているわたしが一番近くにいる。そのことで湧き上がった感情が、喜びだった。

良心の呵責(かしゃく)はあった。いけない感情だと思っていた。でも差し出された果実が、あまりに甘美すぎた。

だからこそ今、はる兄さんにわたしの恋心を知られたくない。

わたしがはる兄さんの恋愛相談に乗っているのは、はる兄さんへの恋心を知られていないから。もしわたしの気持ちを知られれば、はる兄さんは三人と同じようにわたしとも距離を取ろうとするだろう。

今がまさにそうだ。

恋愛感情があると思われていないからこそ、距離を詰められることがある。

だからこそわたしは、はる兄さんがわたしの言葉をどう受け取っているか探らなければならないと考えていた。

「蒼依(あおい)、ちょっといい？」

くろ姉さんに声をかけられたのは、そんなことを考えていたときのことだった。

自室に来て欲しいと言ったので、わたしはくろ姉さんの後に付いて部屋に入った。

「くろ姉さん、何ですか?」

「蒼依(あおい)、ハルに言った言葉、あまり気にしなくていいよ」

「……え?」

「『もう少し見て欲しい』……これをハルは、最近自分が群青同盟(ぐんじょう)で忙しかったから、寂しく思ってるんじゃないかって勘違いしてるの。だからこの言葉で思い悩む必要ないよ」

「っっっ⁉」

わたしの頭は大混乱となった。

もう少し見て欲しい——このセリフをはる兄さんに言ったという事実を、くろ姉さんに知られていたということがまずショックだった。話しぶりからおそらくはる兄さんが言ってしまったのだろうが、それはそれで叫びたい気持ちだった。

しかも口ぶりからして、くろ姉さんはわたしのはる兄さんへの気持ちを正確に察している。

一番知られてはいけない人に一番知られたくないことを知られてしまった。

このことをどう受け止めていいかわからず、めまいを覚えた。

「蒼依(あおい)、あたしはね、あなたの気持ちをだいたいわかっているつもり」

くろ姉さんはゆっくりと、わたしの気持ちを落ち着かせるように言った。

でもわたしは動揺が収まらなかった。

「やっぱり……。気がついていたから、この前学校に来たとき、わざとはる兄さんと手を繋いでいるところやアタックしているところをわたしに見せたんですよね？」

くろ姉さんならもっと密かにやれると思った。『わたしにだけわかるタイミング』で仕掛けていたというのも引っかかっていた。

「うん、そう」

「そうやってくろ姉さんは、わたしに『手を出すな』『諦めろ』と警告を出していたんですね……」

そんな気はしていた。でも恐ろしくて、考えたくなかった。見ないようにしていた。

くろ姉さんは悩ましげな表情をした。

「う～ん、そう受け取っちゃったか。蒼依だもんね……」

「他の受け取り方があるんですか……？」

「あるよ。あたしはね、蒼依の覚悟を確認しただけ。『あたしは現状このくらいの関係。蒼依は自分の現状を理解してる？』って問いかけたつもり。それでよく自分の気持ちを考えて欲しかったの。覚悟があればいいけど、なしで進むには茨の道すぎると思ったから。逆に言えば、それ以上の意味はないよ」

「でも、わたしのこと怒って……」

「怒る？　何で？　あたしは責めるつもりなんてないし、そんなことをする資格もないよ。姉妹と言っても、同じ人間じゃないもんね。すれ違うこともあれば、一致することもある。それだけのことだと思うの」

「く、くろ姉さん、わたし……」

何を言っていいかわからない。でもわたしは、どんな言葉でもいいから喉の奥から出さなければならないという気持ちに駆られていた。

「聞いて、蒼依(あおい)」

「でも……」

「いいから聞いて。あたしはね、ハルが好き。ずっと前から大好き。報われるかわからないけど、少なくとも後悔はしたくないから、最善と思えることを頑張ってやってる。そんなあたしから、あなたへ言えるのはたった一つ」

くろ姉さんは顔を上げると、はっきりと目を見開き、宣戦布告した。

「――かかってきなさい。相手になってあげる」

怒りも憎しみもなかった。

ただ事実を述べた。そんな感じのセリフだった。

「あたしにとってハルを好きになった人は全員ライバルのつもり。でもあたしは負けない。誰がライバルになっても正々堂々受けて立って、最後には勝ってみせる。だからね、蒼依。変に心をごまかして、自分を責める必要ないんだよ？」

気が付くと、わたしは涙を流していた。

なぜかはわからない。でも涙は止まらなかった。

「くろ姉さん……っ！」

「あなたはハルを好きになっていいんだよ。心をごまかす必要はないし、隠す必要もないの。ただもちろん覚悟してよね。あたしは一歩も譲るつもりはないんだから」

くろ姉さんはわたしに向けてウインクをした。

（……ああ、そうか。わたしは辛かったんだ。気持ちを隠すことが）

わたしの恋をくろ姉さんに肯定されたことが嬉しかった。だから涙が出てきたんだ。

くろ姉さんにとって、わたしが恋心を自覚し、積極的に行動するのはマイナスでしかない。

でも認めてくれた。受け止めてくれた。

やっぱりくろ姉さんは、わたしの憧れだ――

わたしはハンカチを取り出し、涙をぬぐった。

「ありがとうございます、くろ姉さん。お言葉に甘えて、わたしはわたしの思うようにやってみます」

「うん、それでいいよ。でもさ――」

くろ姉さんは勉強机に肘を置き、頬杖を突いた。

「ハル、受け止められるかな……？　ハルって妙に卑屈なところがあるから、これ以上多くの女の子から好意を向けられると、何だか変なほうに暴走しちゃいそうで怖いんだよね……」

「あはは……うーん、ありそうですね……はる兄さんですから……」

「だよねー」

ライバルになったはずなのに、わたしはくろ姉さんと笑い合った。

他人が見たら奇妙な関係と言うかもしれない。

姉妹で、ライバルで、仲良しだなんて。

だとしても、わたしはどう言われてもいいと思った。

だってわたしはくろ姉さんが大好きで、きっとくろ姉さんもわたしのことを好きでいてくれるのだから。

＊

その日の放課後、末晴は部室に黒羽、白草、真理愛を集めた。

少し話があるから、部活が始まるより早く来てくれないか――そう声をかけたのだ。

そこで告げた。

「三人とも魅力的で、でもだからこそ俺フラフラしちゃってて、不誠実で、みんなを不快にさせちゃって申し訳ない」

「ハル、いきなりどうしたの……？」

「そんな、スーちゃん……」

「末晴お兄ちゃん、そう自分を追い詰めなくても……」

「いや、みんなが優しいからありがたいんだけど……だからこそ甘えちゃダメだなって思うんだ」

末晴は毅然と言った。

「だから俺たち――少しの間、距離を置かないか？」

「んっ……？」

「えっ……？」

「へっ……？」

三人の動揺ぶりに、末晴の心は折れそうになる。

でも不誠実なのはよくないと思うから、初志貫徹せねばと思い、ぐっと拳を握った。

「もちろんみんな大切な友達だ！　だから今まで通り群青同盟でも仲良くやっていきたいし、態度は変わらない！　でもしばらく距離を取ったほうがいいんじゃないかなと思って！　もっとちゃんとしなきゃ、三人に失礼だと思うから！　……突然ごめん。でも、そういうことだから……よろしく」

気まずくなった末晴（すえはる）が足早に部室を後にする。

残された三人は長い沈黙の後——絶叫した。

「ちょっと待ってよぉぉぉぉぉ⁉」

「そ、そそそ、そんなぁぁぁぁ⁉」

「何がどうなっているんですかぁぁぁぁ⁉」

魂の抜けた三人が机に突っ伏す。

それは会議の準備をするためにやってきた玲菜（れな）が扉を開けるまで続いた。

エピローグ

＊

哲彦が部室に入ると、黒羽、白草、真理愛の表情が死んでいた。

末晴の言動も怪しい。表情は硬いし、女性陣と視線を合わさない。

（これは何かあったな……）

哲彦は瞬時に察したが、かき回して取り返しのつかない事態になるのも避けたい。

そのため手短に必要なことだけ決めて部活を終わらせ、早々に解散とした。

で、その後末晴に声をかけ、何をしたのか聞き出した。

（なるほどな……）

経緯を知った哲彦は納得した。

甘い誘惑でそれぞれが末晴を振り回しすぎてしまったのだ。

末晴と別れ、呆れつつ今後の展望を考えていた学校の帰り道——突然電話がかかってきた。

「……誰だよ」

登録されていない番号だ。相手も携帯電話であることがわかるだけ。

「……ま、いいか」

人気の少ない堤防の道。することもないから、取ってみることにした。

「もしもし」

「やぁ、甲斐くん。阿部充だけど」

即座に切った。

ため息をつき、眉間をつまみ、気持ちを落ち着けた。

しかし携帯にまたコールが入る。

(これ、無視したほうがしつこく付きまとわれるんじゃ……)

阿部のうさん臭い笑顔を思い浮かべてうんざりした哲彦だったが、嫌なことを抱えるのは性に合わなかったので、さっさと話を終わらせることにした。

「はぁ……もしもし」

「よかった、もう一度取ってくれた」

「ブロックしても取るまで手を変えてかけ続けるつもりだったんじゃ?」

「ありがとう、僕のことをだいぶ理解してきてくれているね」

「したくて理解してるわけじゃないんですが……もういいっす。面倒くさいんで、用件があれば早く言ってもらえます?」

「あれ、誰から電話番号を聞いたか確認しないのかい?」

「勘ですけど、可知じゃないっすか？」

「やはり君は凄いな。正解だ」

「話題も、可知から話を聞いて――って展開だと思ってます。さっき、顔が死んでましたんで」

「実のところその通りでね。白草ちゃんからいろいろ聞いたんだけど、どうしてこんな展開になっているのかまったくついていけなくて。白草ちゃんに甲斐くんの電話番号を教えてくれたら僕から聞いてみるけど？　と言って、こうして電話をかけているってわけさ」

ダラダラ長話をする気がなかった哲彦は、川を横目で見つつ、知ってる限りのことを話した。

「……なるほどね。丸くんは少しおバカなところがあるけど、倫理的にはまっとうだからね。三人の魅力的な女の子にアプローチをされるたび、おバカさからついつい吸い寄せられていたけれど――実はそのたびに罪悪感を抱いていた。それが繰り返されて積もりに積もり、蒼依ちゃんの不誠実発言をきっかけに良心の呵責が限界にきたのか」

「『少しの間距離を取る』という結論には、間島陸っつー中学生の意見も影響してるっぽいっすね」

「あ～、泥沼になってくると、身近な人よりあまりかかわりのない人の意見のほうが客観的で参考になるってことあるからね」

哲彦は深いため息をついた。

「末晴も、この状況を楽しめるようなやつだったらこんなことにはなってないっすけどね。童貞らしい潔癖さがあるっつーか、変にちゃんとしようとするっつーか、たくさんもらってるんだからその分お返ししなきゃ、みたいなバカなこと言ってましたね」

「いやぁ、君じゃないんだからこの状況を楽しむのはさすがに無理じゃないのかな？　丸くんの行動はバカどころか、むしろ誠実とさえ僕は感じるけど」

「金ならともかく、感情を釣り合わせることは不可能っすよ。しかも恋愛は強い感情をぶつけ合うものっすよね？　オレから言わせると、末晴の言ってることは『付き合う前に考えることじゃねぇ。付き合った後に考えろ』って話っす」

「ああ、付き合った後に考えるべきことってのは納得かも。付き合ってもない、たくさんの人に想われている状態で、想われた分お返しをするのは無理だもんね」

「まあ、末晴が三人に対し付き合いたいぐらい好意を持っている、ってことの裏返しなんでしょうね。もし末晴が三人の内、誰か一人としか出会っていなかったら、その一人と付き合っているのは間違いないと思いますから」

「でも現実として、三人と出会ってしまった。そして三すくみとなってしまっている。結果共倒れになっていると言っていい。結果だけで見れば、全員負けているように見える」

　少しだけ、哲彦は思案した。

「んー、確かにそう見えますが、負けとは言えないですよ。いや、むしろ三人が勝利に繋がるほどの有効打を放ち続けたから、今の状態になったんじゃないっすか。ま、オレが知ってる限りじゃ、今回は勉強を一緒にしていた可知が一番ラッキーを引いたって感じはしてますけど」

「ファンクラブのときと逆って判断かな？　君はファンクラブの一件、連携したからこそ全員が消極的になり、結果引き分けになったって見てたよね？」

「ですね。今回は全員が連携をせず、それぞれ有効な手を打ってきた。もし一人だけが有効打を打ち、残る二人がぼーっとしていたら決着がついていたかもしれなかったなーと思うんすけど、そうは問屋がおろしませんでしたね」

哲彦は一拍置いて告げた。

「ただ――」

「ただ？」

「はっきりとしてないですが、意外なところに第四の候補がいたのかもって」

「第四……？」

「そう。まだ候補の候補ってところですが、話を聞く限り、立ち回り方が見事で……正直ちょっと感心しちゃったんですよね」

「……それは誰だい？」

「んー、そこは伏せておきます。その子にプレッシャーかけたくないんで」

「……わかった。聞かなくても、もし白草ちゃんたちに並ぶようになれば自然とわかるだろうしね」

「そういうことっすね」

蒼依についてはもう少し様子を見たい、と哲彦は思っていた。

あの子の気持ちには気がついていたが、同時にポジションの厳しさは明らかだし、そこに苦悩している様子もうかがえた。

場合によっては危うい方向に精神が流れる可能性もある。そのためそっとしておくべきだと判断していた。

「少し話が変わるけどね、志田さんの妹さんたちは群青同盟の準メンバーになったけど、これは計算通りだったのかい？」

哲彦は落ちていた小石を蹴った。

「偶然っすね。後々に加入させたいとは思ってましたけど。ま、棚ぼたって感じっす」

「今まで他にメンバーを入れなかったのに、なぜあの子たちはオッケーなんだい？」

「こう見えてうちはまとまりやバランスが結構いいんで、変なやつは迂闊に入れられないって事情が大前提としてあるんすけど、結論としては——いろんな意味で面白くなるメンツだからに決まってるじゃないっすか」

阿部は額に手を当てた。

「君はあいかわらず面白ければ何でもいいというか……」

「言っておきますけど、あの子らは中学生なんでいくらオレでも配慮はしますよ。本人がＯＫ

予定です」

と言うまで顔出しはNGにしますし、スケジュールに余裕があれば手伝ってもらうって程度の

「でも火種を育てて楽しんでいるというか……」

「ま、そのことは否定しないっすわ」

電話の向こう側から阿部のため息が聞こえた。

「しかしこれで志田さんの妹さんたちも群青同盟の一員だ。着々と群青同盟は大きくなって

いるわけだが、少し視点を変えて見てみると、君を主人公とした戦略シミュレーションゲーム

みたいだな、って思うようになったんだ」

「ほー、たくましい妄想っすね」

「まあまあ、少しくらいいいじゃないか。つまりね、当初君は人材もなく、国力も低いところ

からスタートしたんだ。目標は瞬社長が率いるハーディプロっていう大国を倒すことだ。で

もあらゆる意味で力が足りず、どうあがいても戦えない」

「…………」

「でもね、意図的かどうかはわからないけど、丸くんという最強の攻撃力を持った人材を見つ

けた。君は目標のために、どうしてもその力が欲しい。最初、丸くんはその力を発揮できない

状態だったから、まずは復活のために尽力したってわけだ」

「随分愉快な妄想っすね」

「だろう？　次はさらなる人材集めだ。イメージとしては、白草ちゃんが知力の高い軍師で、志田さんが政治力の高い内政のスペシャリストかな？　密かに確保してあった補佐役として優秀な浅黄さんを加え、知勇兼備の名将である桃坂さんも手に入れた。これで主要な人材は揃ったわけだ」

「…………」

「そして堅実にミッションをこなし、知名度を上げていく。丸くんの過去に対する攻撃を防御しつつ、逆に反撃を加えてコレクトという人脈を手に入れた。また部活と対決をしてファンクラブを傘下にすることにより、いざというときかき集められる人員も増やした。この前の演劇によって、桃坂さんをさらに成長させ、敵の出方も探れた。そして今回、粒ぞろいの精鋭と言える志田さんの妹たちも加わり、さらに力は強まった。今、君は迷ってるのかな？　目標の大国に攻撃するか、もっと力を蓄えるか」

「いやはや、妄想もそこまでいけば立派っすよ。先輩、俳優よりゲームクリエイターを目指したらどうっすか？　慶旺大学に行くなら、十分ゲーム会社に入れる可能性あると思いますが？」

「それは大学に入ってからゆっくり考えることにするよ」

「はぁ、大学に合格してる人は余裕でいいっすね」

「それほどでも。でも余裕がないわけでもないから、君から助けが欲しいと言われれば前向きに考えるけど？」

「いらねーっす」

阿部はくすくすと笑った。

「まったく君は素直じゃないな」

「いやいや、これ滅茶苦茶素直な意見でしたが！」

「まあいい。じゃあ最後に一つだけ」

「もう切りたいんですが」

脅しを無視し、阿部は続けた。

「さっきの妄想の続きなんだけど、目標を達成したとき、何か得られるものはあるのかい？ゲームをクリアすると、エンディングがあるものだけれど」

「さてね」

それだけ告げて哲彦は通話を切った。

話す義務など、どこにもなかったから。

＊

末晴から『距離を取りたい』と言われた日の翌日の放課後。

黒羽、白草、真理愛の三人はいつものイングリッシュガーデン風の庭がある喫茶店の個室に集まっていた。

「二人とも、来てくれてありがと」

呼びかけ人は黒羽。

白草と真理愛は警戒していたが、それより濃い疲労が顔ににじみ出ていた。

「随分ショックだったみたいね」

「志田さんに言われたくないわ」

「まあ白草さんも言えるほど余裕そうに見えませんが」

「桃坂さんもね」

「――ストップ」

黒羽が止めた。

冷静な口ぶりに、白草と真理愛は言いかけた口を閉ざした。

「今、争うのはやめない？　状況としてはイーブンなはずよ。喧嘩してハルからさらに距離を取られるのは困る……違う？」

「……悔しいけれど、志田さんの言う通りね」

「了解しました」

白草と真理愛が落ち着いたのを見て、黒羽はゆっくりと語りかけた。

「たぶん二人も『ハルから距離を取られてしまった』ってことがショックだと思うんだけど、

冷静に考えれば『ハルはあたしたちを意識しているからこそ、一時的に距離を取ろうとした』……違う？」

白草が肩にかかる髪をなでた。

「わかってるわよ。でも迂闊に近づけなくて困っているのは確かじゃないかしら？」

「末晴お兄ちゃんがモモたちに魅力を感じてくれているからこそ、振り回しすぎてしまった……だからこそ今、打てる手が尽きてしまっている……積極的なアタックを繰り返してきた黒羽さんが、実のところ一番焦りを感じているのでは？」

黒羽は顔色を変えず告げた。

「焦りなんて比較できないからそれについてはノーコメントにさせてもらうね。でも、打てる手がないわけじゃない」

白草は目つきを鋭くし、真理愛はゆったりと手を組んだ。

「それが今日私たちを呼んだ理由ってわけ」

「この期に及んで打てる手があれば聞かせてもらいましょうか」

黒羽は一度だけ深呼吸をし、口を開いた。

「こうなってしまったのは、あたしたちが同時に押しすぎてしまったのが原因。それでハルが引いてしまった。なら、逆をすればいいと思うの」

白草と真理愛の顔に緊張が走る。

黒羽はゆっくりと身体を前に倒し、告げた。

「具体的には——三人同時にハルを振るの。どう？」

「「!?」」

驚愕する白草と真理愛に、黒羽はにっこりと微笑んだ。

あとがき

どうも二丸です。

ご存じの方が多いとは思いますが、おさまけのアニメが二〇二一年四月から放送です！　この本が皆さんのお手元に届いているころには開始間近か放送中のはずです！　素晴らしいスタッフさんたちが心血を注いで制作してくださっているので、ぜひぜひ見てください！

さて今回の七巻は、六巻から非常に短い期間での発売となりました。おさまけは二〇一九年六月以降規則正しく四カ月に一作出版してきましたが、今回は二カ月での出版です。

とはいえご安心を。執筆期間はほぼ変わっていません。アニメ自体は随分前に決まっていたので、ちょっとずつ書き溜めておくことでこうした早いスパンで出版できました。

なぜこうしたのかと言えば、アニメがきっかけで読んでもらえる可能性が高まるということで、編集から提案があったためです。売れない期間が長かった自分としては、このチャンスを逃すものか！　という気合いのもと、せっせと書いていました。

七巻はヒロイン全員に注目しているものの、蒼依と朱音の双子を軸として動きます。長期的に見て必要な展開を計算して巻ごとにテーマを決めていますが、蒼依と朱音をメインにすると、私が必要な部分と思っていても、わき道に逸れたと感じられてしまう可能性があると思いました。なので、できれば速いテンポで出したいと考えていたのですが、こうしてきっかけがあったのは幸運でした。四姉妹のうち、黒羽以外の姉妹をもっと書きたいと前から思い、それがおまけスピンオフ『お隣の四姉妹が絶対にほのぼのする日常』に繋がっているのですが（漫画：葵季むつみ先生。一話完結で読みやすく面白いのでぜひ読んでみてください！）、この巻でいろいろ書けてとても楽しかったです。特に三巻で掘り下げていた蒼依と朱音の気持ちにしっかりと触れられたのは、長期連載シリーズとなってよかったと感じた部分でした。自分が書いていて楽しかったのと同様に、今、この文を目にしている皆さんが、読んでいて楽しかったと思ってもらえていると本当に嬉しいな、と考えています。

あとは……そうそう、おさまけのグッズがさらにいろいろ出るみたいです！　そんなのも出るの!?　と思ったくらい、種類があります。本当に皆さん購入してくれるのか……なんて心配していたりしますが、皆さんが楽しんでくれれば何でもいいや！　くらいの気持ちでいます。

最後に、応援してくださっている皆様、編集の黒川様、小野寺様、イラストのしぐれうい様、本当にありがとうございます！　八巻もなるべく早く出せるよう頑張ります！

二〇二一年　二月　二丸修一

次回予告

OSANANAJIMI GA ZETTAI NI MAKENAI LOVE COMEDY

「――三人同時にハルを振るの」

黒羽の提案は白草と真理愛の心に波紋を投げかける。

真意は？　狙いは？　二人は悩み、結論を出す。

「俺たち――
少しの間、距離を置かないか？」

一度冷静になろうとしている末晴。
今までと同じようにただ攻めるだけでは勝機がない。
どうすれば末晴を落とせるのか……。
何が有効な一手なのか……。
少女たちはそれぞれ信じる作戦を実行しようとする。

一方、距離を置く宣言をした末晴は――

「俺、なんであんなこと
言っちゃったんだよぉぉぉ！」

発言を後悔していた。
誠実とは何か。公平とは何か。
悩み、戸惑い、
すれ違いの果てに末晴は口を開く。

「聞いてくれ、クロ。
もう――終わりにしよう」

NEXT
SHUICHI NIMARU PRESENTS
VOLUME

そうして迎えた運命のクリスマスイブ。
その日、群青同盟は橙花からの依頼で
生徒会主催のイベントを開催することになっていた。
皆で笑い、騒ぎ、美少女たちの催しに盛り上がる。

（あたしは――）

宴の中、覚悟を決める黒羽。

黒羽の行動はクリスマスパーティを揺るがし、驚愕させる。

「ハル、聞いて。
これがあたしの導き出した答え」

クリスマスナイト。

幼なじみが絶対に負けないラブコメ 8
VOLUME:EIGHT

近日発売予定！

◉二丸修一著作リスト

「ギフテッドⅠ～Ⅱ」（電撃文庫）
「女の子は優しくて可愛いものだと考えていた時期が俺にもありました1～3」（同）
「幼なじみが絶対に負けないラブコメ1～7」（同）
【ドラマCD付き特装版】
幼なじみが絶対に負けないラブコメ6　～もし黒羽と付き合っていたら～」（同）
「嘘つき探偵・椎名誠十郎」（メディアワークス文庫）

本書に対するご意見、ご感想をお寄せください。

ファンレターあて先
〒102-8177　東京都千代田区富士見2-13-3
電撃文庫編集部
「二丸修一先生」係
「しぐれうい先生」係

本書は書き下ろしです。

電撃文庫

幼(おさな)なじみが絶対(ぜったい)に負(ま)けないラブコメ7

二丸修一(にまるしゅういち)

2021年４月10日　初版発行

発行者	青柳昌行
発行	株式会社KADOKAWA 〒102-8177　東京都千代田区富士見2-13-3 0570-002-301（ナビダイヤル）
装丁者	荻窪裕司（META＋MANIERA）
印刷	株式会社暁印刷
製本	株式会社ビルディング・ブックセンター

●お問い合わせ
https://www.kadokawa.co.jp/（「お問い合わせ」へお進みください）
※内容によっては、お答えできない場合があります。
※サポートは日本国内のみとさせていただきます。
※Japanese text only

※定価はカバーに表示してあります。

ISBN978-4-04-913736-1　C0193　Printed in Japan

電撃文庫　https://dengekibunko.jp/

電撃文庫創刊に際して

文庫は、我が国にとどまらず、世界の書籍の流れのなかで〝小さな巨人〟としての地位を築いてきた。古今東西の名著を、廉価で手に入りやすい形で提供してきたからこそ、人は文庫を自分の師として、また青春の想い出として、語りついできたのである。

その源を、文化的にはドイツのレクラム文庫に求めるにせよ、規模の上でイギリスのペンギンブックスに求めるにせよ、いま文庫は知識人の層の多様化に従って、ますますその意義を大きくしていると言ってよい。

文庫出版の意味するものは、激動の現代のみならず将来にわたって、大きくなることはあっても、小さくなることはないだろう。

「電撃文庫」は、そのように多様化した対象に応え、歴史に耐えうる作品を収録するのはもちろん、新しい世紀を迎えるにあたって、既成の枠をこえる新鮮で強烈なアイ・オープナーたりたい。

その特異さ故に、この存在は、かつて文庫がはじめて出版世界に登場したときと、同じ戸惑いを読書人に与えるかもしれない。

しかし、〈Changing Times,Changing Publishing〉時代は変わって、出版も変わる。時を重ねるなかで、精神の糧として、心の一隅を占めるものとして、次なる文化の担い手の若者たちに確かな評価を得られると信じて、ここに「電撃文庫」を出版する。

1993年6月10日
角川歴彦

電撃文庫DIGEST　4月の新刊

発売日2021年4月9日

幼なじみが絶対に負けないラブコメ7 【著】二丸修一　【イラスト】しぐれうい	末晴の妹分だった真理愛が本格的に参戦し、混迷を極めるヒロインレースに、黒羽の妹たちも名乗りを上げる!? 不良の先輩に告白されトラブルとなった朱音を救うため、群青同盟のメンバーで中学校に潜入することに！
続・魔法科高校の劣等生 メイジアン・カンパニー② 【著】佐島 勤　【イラスト】石田可奈	達也が理事を務めるメイジアン・カンパニーは魔工院の設立準備を進めていた。そんな中、加工途中のレリックを狙う事件が勃発。裏に人造レリック盗難事件で暗躍した魔法至上主義過激派組織『FAIR』の影が……。
魔王学院の不適合者9 ～史上最強の魔王の始祖、転生して子孫たちの学校へ通う～ 【著】秋　【イラスト】しずまよしのり	《創星エリアル》を手に入れ、失われた記憶の大部分を取り戻したアノス。ほどなくしてサーシャの中に、かつて自身が破壊神だった頃の記憶が蘇り始め――？ 第九章《魔王城の深奥》編!!
わたし以外とのラブコメは許さないんだからね③ 【著】羽場楽人　【イラスト】イコモチ	「よかったら、うちに寄っていかない？　今日は誰もいないから」デートの帰り道、なんと有坂家にお邪魔することになった！　だがそこで待ち構えていたのは、待望のキス……ではなく、下着姿の謎の美女で……!?
男女の友情は成立する？（いや、しないっ!!） Flag 2. じゃあ、ほんとにアタシと付き合っちゃう？ 【著】七菜なな　【イラスト】Parum	ある男女が永遠の友情を誓い合い、２年半の歳月が過ぎた頃――ふたりは今さら、互いへの恋心に気づき始めていた……！　第１巻は話題沸騰＆即重版御礼!!　親友ふたりが繰り広げる青春〈友情〉ラブコメディ第２巻！
君が、仲間を殺した数Ⅱ -魔塔に挑む者たちの痕（きず）- 【著】有象利路　【イラスト】叶世べんち	「咎」を背負った少年は、姿を消した。そして彼を想っていた少女は、涙する日々を過ごす。だが《塔》の呪いは、彼女を再び立たせ……さらに苛烈な運命へと誘う。「痕」を負った少女・シアを軸に贈るシリーズ第二弾。
世界征服系妹2 【著】上月 司　【イラスト】あゆま紗由	異世界の姫・檸檬が引き起こした、忌まわしき妹タワー事件から数日。兄である俺は、相変わらず妹のお世話（制御）に追われていた。そんなある日、異世界から檸檬を連れ戻そうと双子の美人魔術師がやってきて――!?
新作 **家出中の妹ですが、バカな兄貴に保護されました。** 【著】佐々山プラス　【イラスト】ろ樹	大学進学を機に、故郷を離れた龍二。だが、実験飛行場での研究のため再び故郷に戻ることに。「久しぶりだなくそ兄貴」そこで待っていたのは、腹違いの妹・樹理。龍二にとって消し去りたいトラウマそのものだった。
新作 **春夏秋冬代行者 春の舞 上** 【著】暁 佳奈　【イラスト】スオウ	いま一人の『春』の少女神が胸に使命感を抱き、従者の少女と共に歩き出す。暁　佳奈が贈る、季節を世に顕現する役割を持つ現人神達の物語。此処に開幕。
新作 **春夏秋冬代行者 春の舞 下** 【著】暁 佳奈　【イラスト】スオウ	自分達を傷つけた全ての者に復讐すべく『春』の少女神に忠義を誓う剣士が刀を抜く。暁　佳奈が贈る、季節を世に顕現する役割を持つ現人神達の物語。

はたらく魔王さま!
Satoshi Wagahara
Illustration ■ Oniku
和ケ原聡司
イラスト■029
魔王城は六畳一間!?
フリーター魔王さまの庶民派ファンタジー!
世界征服間近だった魔王が、勇者に敗れて辿り着いた先は、異世界“東京”だった!?
六畳一間のアパートを仮の魔王城に、フリーターとして働く魔王の明日はどっちだ!!

電撃文庫

ある中学生の男女が、永遠の友情を誓い合った。1つの夢のもと運命共同体（しんゆう）となったふたりの仲は、特に進展しないまま高校2年生に成長し!?　親友ふたりが繰り広げる、甘酸っぱくて焦れったい〈両片想い〉ラブコメディ。

電撃文庫

神田夏生
Natsumi Kanda

イラスト：Aちき
Aliki

今すぐ君に
『××』だと言いたい……
言えたら、いいのに……

絶対にデレてはいけないツンデレ

Zettai ni Dereteha Ikenai Tundere

蒼月さんは常にツンツンしている子で、
クラスでも浮いた存在。
本当は優しい子なのに、
どうして彼女は誰にもデレないのか？
それは、蒼月さんが抱える
不思議な過去が関係していて……？

電撃文庫